KiKi BUNKO

あやかし帝都の政略結婚

～虐げられた没落令嬢は過保護な旦那様に溺愛されています～

香月文香

JN230978

目次

■序章

妖《あやかし》の、返り血の温度を知っている。

羽栖瑠璃《はすみるり》はそういう女の子だった。

「あら、お父様ったら、お弁当を忘れていらっしゃるわ」

秋の金色の陽の差す、羽栖邸の食堂にて。瑠璃は食卓に置かれた弁当の包みを見て呟いた。食卓の高さは十歳の瑠璃より少し低く、下向けた視線の先、弁当を包む風呂敷が陽光を浴びて温まっている。

「届けて差し上げないと」

瑠璃の頭に、今朝慌ただしく出かけて行った父の後ろ姿が浮かんだ。帝都を守る祓い主《はらぬし》のうち、特に功績を認められた者にのみ許された、深紫《こきむらさき》色の羽織を凛々《りり》しくまとっていた父。

玄関ホールで見送る瑠璃に、父は微笑んでこう言った。

――瑠璃はひとりで外に出てはいけないよ、危険だからね。

けれど、と瑠璃は弁当を取り上げる。父は帝都の人々を脅かす妖を祓いに行ったのだ。ちょうど昼時だった。同じく祓い主である母は、長期の任務で出かけている。折悪しく使用人も不在だった。

人々のために働く父がお腹を空かせているのでは、と一度思えば居ても立ってもいられなかった。

「……少しなら、平気」

自らに言い聞かせて、瑠璃は手近にあった自分用の握り飯を袂《たもと》に落とす。弁当を両腕に抱え、食堂から外へ飛び出した。耳の上に飾った、椿を模した髪飾りが陽光を受けてきらりと輝いた。

晴れ渡った空の下、石畳の敷かれた道の両脇には赤煉瓦《れんが》造りの建物やガス灯が立ち並び、松と柳の並木が風に葉を揺らす。楽しげに行き交う人々には和装と洋装が混在している。

その中には妖の姿も当然のようにあった。獣の耳や尻尾を生やした者や、朧《おぼろ》に霞《かす》んで姿形を捉えられない者。空には異形の翼が舞う。額から角が伸びる者も珍しくない。

猫又《ねこまた》に影女《かげおんな》、あれはもしや烏天狗《からすてんぐ》かしら、と瑠璃はそわそわ辺りを見渡す。その横を、二頭立ての馬車がガラガラ音を立てて走りすぎて行った。

両親や使用人と出かけるときとは、何もかもが違って見える。

いつもより取り澄ましたような帝都の街並みを駆けながら、瑠璃は胸を弾ませていた。

ひとりで屋敷の外に出るのは生まれて初めてだった。この小さな冒険が成功したら、父は瑠璃を褒めて、一緒にお外でお昼ご飯を食べてくれるかもしれない。よくやったな、と頭を撫でてくれる父の手の温もりを想像しただけで、自然と足取りは軽くなる。

――けれどいつだって、言いつけを破った子供に与えられるのは罰だ。

近道になるかもしれないと足を踏み入れた、ひと気のない寺社の境内。そこで鉢合わせた妖に、瑠璃は腰を抜かしていた。

猿の形をした妖だった。瑠璃よりも大柄で、毛並みはゴワゴワしていて、顔はどう見ても猿だが目には知性の光が宿っている。へたり込んだ瑠璃を見て、歯茎の見えるほど大きく笑った。

瑠璃はその名を知っている。家にあった妖種図譜《ようしゅずふ》で見た。

狒々《ひひ》だ。

「ウマソウ、な、ムスメ！　たベル！」

金属の軋《きし》むような声は、瑠璃を絶望させるのに十分だった。

帝都において妖は、人と共存している。そういうことになっている。妖が人を食らうことは、九十年前に結ばれた誓約によって禁じられている。

だが約束とは、対等な力を持つ者同士でしか成り立たない。

人食らいの狒々と何の力も持たない瑠璃の間では、遠い昔に誰かが結んだ決まりなんて意味をなさなかった。

狒々が喉《のど》を仰け反らせて濁った笑い声をあげる。がたがた震える瑠璃の前で、長い腕が鞭《むち》のように振り上げられる。獣の毛に覆われた手には、鋭い爪が輝いていた。

瑠璃の腕から力が抜けた。弁当を落としそうになっても、追いかける気力さえ湧かなかった。恐怖に押し潰されるまま、悲鳴をあげて目を瞑《つぶ》ろうとしたとき、ふっと父の声が耳に蘇った。

――弱き人々を守る羽栖家の人間なら、いつだって誇り高くありなさい。祓いの力がなくたって、それだけで瑠璃は私たちの娘だよ。

幻聴の中にあってさえ威厳のある声音に、背を打たれたように弁当を抱え直す。地面を横に転がったのは反射だった。結果として、それが瑠璃の命を一度救った。地面に狒々の腕がめり込み、苛立たしげな唸《うな》りが響く。

しかし、瑠璃の萎えた足には力が戻らない。何とか半身を起こし、ずりずりと狒々から後退《あとずさ》る。狒々がゆっくりと頭をもたげ、充血した目を瑠璃に向けた。猿面とも思えぬ、激しい憎悪に歪んだ顔のおぞましさが瑠璃をその場に縫い付けた。

「チョろちョロ、動クな！」

もう一度、瑠璃目がけて腕がしなる。瑠璃は硬直してしまってもう動けない。自分に振り下ろされる腕の、薄汚れた毛並みの乱れる一筋まで見留めながら、心の中で叫んだ。

（どうしよう、私は羽栖の娘なのに――！）

今度は避けられない。奇跡は二度起こらない。

優秀な祓い主の家系に生まれたはずの羽栖瑠璃は、無力なばかりに妖に食われて死ぬ。

いっぱいに目を見開いて凍りつく瑠璃の耳元を、何かが掠めた。

「――退け。そいつは俺が先に目をつけた」

低い声が凛《りん》と響いたかと思うと、狒々がギャッと呻《うめ》いて反っくり返った。後ろ向きにばったり倒れ、そのままぴくりとも動かなくなる。ゴトリと鈍い音がして、狒々のそばに拳大の石が転がった。どうやら誰かが投げたその石が、狒々の額を割ったものらしい。

それきり境内は静まり返った。葉が風に身を任せるささやかな音だけが空気を揺らす。

一体誰が、と見上げると、背後の木立に人影があった。ぼろぼろの麻の単衣《ひとえ》を着て、ざんばらに切った黒髪がもつれていて、でもとても綺麗な顔をした、

（男の子……？）

瑠璃より少し年上に見える子供が、気負うことなく立っていた。無言でこちらへ近づいてきて、倒れた狒々を見下ろす。汚いものを見るように顔をしかめてさえ、何だかずいぶん艶やかな愁いに耽《ふけ》って見える顔立ちだった。

おそらくこの男の子が狒々に石を投げつけ、食われる寸前の瑠璃の命を救ったようだ。

その事実を認識したとたん、体中からドッと汗が噴き出て、瑠璃は長いため息を漏らした。

「……あの、ありがとうございます」

まだ震えている手足を叱咤して立ち上がり、男の子に向かって頭を下げる。と、彼はくるりと振り向いて、瑠璃にまっすぐ手を伸ばした。

瑠璃の抱える弁当に。

「さっきも言っただろう。お前に目をつけたのは俺が先だ」

「えっ？」

「助けられたと勘違いするな。俺はお前からその荷を奪う」

「なっ、だ、だめっ！」

予想もしない成り行きに、それでも瑠璃は必死に弁当を抱え込む。これは父のものだ。例え妖から救われたとしても、見知らぬ子供にあげるわけにはいかない。

瑠璃の様子に、その子はますます欲をかき立てられたようだった。ぼさぼさの前髪の下、濡れたような黒い瞳を光らせて「後生大事に何を持ってる？　相当価値のある物か」と瑠璃の腕から包みを奪い取る。

「返して……っ！」

「誰が返すか。その格好を見るに、良いところのお嬢さんだろ。俺に会った不運を諦めな」

男の子は憫笑《びんしょう》とともに包みを解く。そして風呂敷から現れたものに、唖然《あぜん》と目を丸くした。

「……何だこれは。弁当？」

「それはお父様のものなの……！」

懸命に腕を伸ばす瑠璃に、その子はひょいと弁当を頭上に掲げる。瑠璃よりもずっと背が高い。ぴょんぴょんと飛び跳ねる瑠璃を、奇妙な生き物を観察するような目つきで見下ろした。

「そんなに大事か？　これが？　狒々に襲われても手放さないほどのものか？」

「とても大事なの、それを届けないと、お父様は食べるものがないの……！」

「父親が？　そんなわけないだろ。今頃他に何か都合しているに決まってる。こんなものに命を懸けるなんて、馬鹿じゃないのか」

呆れたように男の子が片眉を上げる。そんなことはない、と瑠璃が反論しようとしたとき。

ぐううぅっという鈍い音が鳴り渡った。先ほどの狒々の唸り声より大きい。

「………」

男の子は音の発生源である腹を押さえて、目線だけを弁当に向けた。先ほどまでの意地悪な風情が消えて、何だか心許《こころもと》ない面差しだった。

瑠璃は弁当と男の子の顔を何度か見比べ、おそるおそる言った。

「……あの、お父様のお弁当を差し上げるわけにはいかないけれど。代わりに私の昼食をどうぞ」

袂から握り飯を取り出す。だいぶひしゃげてしまっているけれど、食べられないほどではないだろう。中身はたぶん、梅干しか塩鮭だ。

しかし男の子は形の良い眉を険しく寄せた。むっと唇を引き結び、きっぱり首を横に振る。

「憐みか？　そんなものを受け取るわけにはいかない」

いやに真に迫った響きだった。顔つきは真剣味を帯びて、こちらを見据える両目が射貫くように底光る。ただの虚勢と切って捨てるには異様な凄みに、知らず瑠璃の肌が粟立《あわだ》った。こんな人間を相手取ったことがない。言葉を返そうとし、舌がもつれた。

「ご、ごめん、なさい。そんな、つもりでは、なかったの」

だがそれはそれとして、瑠璃は困ってしまった。改めて見れば男の子は体つきも薄く、丈の短い単衣から覗《のぞ》く手足は骨ばっている。今は秋だからいいが、このまま冬を迎えれば飢えて死ぬ。

羽栖の娘として、瑠璃には瑠璃の意地があった。

「でも、受け取ってほしい」

「嫌だ。全ては自分の力で得てこそだろ。慰みなんて吐き気がする」

「だとしても、お腹が空いているみたい。いつから食べていないの？」

「……一昨日の、前の晩か？」

軽く言われた言葉に、瑠璃の方こそ眩暈《めまい》がしそうだった。男の子の言う通り、羽栖家は子爵の位を賜っており衣食住に不自由したことはない。普段は母親が料理を作ってくれて、両親が出かけていても、使用人が瑠璃の分の食事を用意してくれる。三日も食べないなんて、想像しただけで胃が痛んだ。

男の子は固く口を結んで、胸に突きつけられた握り飯から顔を背けるようにしている。嚙《か》み締められた唇に、わずかに血が滲《にじ》んでいた。

ここまでされて、どうして食料に飛び付かずにいられるのだろう。

（……答えは初めから言っていたわ。それが、この人の誇りだから）

空腹を耐え忍び、意地を貫こうとする姿には覚えがあった。

瑠璃が父の教えを大切にするように、きっと彼は自分の誇りを一心に抱えているのだろう。それがどのような経緯で育まれたのか、瑠璃には思いも至らない。

けれどその切実さは少しだけわかったから、できることはひとつだった。

無言で握り飯を引っ込める。男の子は少しも名残惜しそうな顔をせず瑠璃を睨《にら》んだ。その視線を真っ向から受け止めて、瑠璃は毅然とおもてを上げた。

「それなら、あなたは対価を支払って」

男の子が訝《いぶか》しげに眉をひそめる。形の良い唇に、皮肉っぽい笑みが浮かんだ。

「何を？　いかにも良いところのお嬢さんが、一体俺に何を求める？」

「あなたの大切にしていること」

「さあ？　学のない俺には考えられないな。少なくとも金はない。俺には体ひとつしかないぞ。お求めはこれか？」

前髪をかき上げて、秀麗なかんばせがよく見えるようにする。瑠璃はぽかんと口を開けた。

「……うん？」

「ときどき金持ちが買おうとするが」

「そうなの。でもいらない」

男の子はつまらなそうに前髪を下ろした。

「なら、俺には何もない」

「いいえ、ある。たぶん、誇りが」

瑠璃はまっすぐに見つめる。告げる言葉に淀《よど》みはなかった。

ふたりの間を金風が吹き抜ける。葉が秘密を囁《ささや》くように音を立てる。見つめ続ける瑠璃の前で、男の子がじわじわと目を見張った。

「その誇りには、おにぎりだけでは足りない、と思う。だから――私に仕えなさい」

「……は、何を」

男の子は吐息とも呆れともつかぬ声を漏らす。瑠璃は胸元に手を当て、できるだけ堂々と告げた。

「私の名前は羽栖瑠璃。羽栖の家は祓い主の家系なの」

言うとき、一瞬だけ胸が痛んだ。だがそれどころではない。瑠璃は思考を忙しく回し、一生懸命に畳みかけた。

「我が家に来れば、祓い主だって目指せる。さっきしたみたいに敵対する妖を退《しりぞ》けて人々を守るの。とても素敵。それに祓い主は完全実力主義だから、ゆくゆくは自分の身を立てられる。そうでなくとも少なくとも三食は付く。昼寝はたぶんないけれど」

男の子は瑠璃を見つめたまま黙りこくっている。説得材料を言い尽くして、瑠璃はおずおずと小首を傾げた。

「……どう？」

「無茶苦茶だな」

言下に切り捨てられる。男の子はふんと鼻を鳴らし、つらつら早口で言い立てた。

「だいたい誇りって何だ。人を美化するな。こっちはお前を脅すような人間だぞ。ご立派な祓い主のお嬢さんと違って誇りなんて持ち合わせていない。そんなものでは生きていけないんだよ。俺は、別に……」

「でも私にはそう見えない」

流れるようだった言葉が途切れた。男の子は頬を歪ませ、口を閉ざす。吐く息が震えていた。目線を地面に落とし、ぐしゃぐしゃと髪の毛をかき混ぜる。

そのまま片手で目元を覆い、瑠璃から表情を隠した。

答えはすぐには返ってこなかった。瑠璃は辛抱強く、男の子の前に立っていた。

「……本当に、俺はお前を助けようとしたわけじゃないんだぞ」

応じる声は掠《かす》れていた。

「実はいいやつだとか期待しているなら、とんだ見込み違いだ」

「だとしても、私は救われたもの。あなたは私の命の恩人になった。それで十分」

「お前、正気か」

男の子の口元に、意地悪げな笑みが滲む。

「狒々に襲われて冷静じゃなくなってるだろ。もしくは最初から全部仕込みで、俺が頷いたとたん、どこかに売り飛ばされるのか？」

「……考えたこともなかった。でも不安だというなら、後日正式に迎えに行くわ」

「冗談だよ。お前にとって、俺にそこまでする価値はないだろ」

「ある」

「お前と話していると、本気で調子が狂うな」

男の子が手を取り払い、眉間に皺《しわ》を寄せて瑠璃を見下ろした。への字に曲げられた唇は、不満を表しているのかそれとも他の何かを示しているのか、幼い瑠璃には判断がつかない。

ほとんど睨み合いになる中、けれど先に目をそらしたのは男の子の方だった。深々とため息をつき、祈るようにうつむいたあと、彼はぶっきらぼうに言った。

「つまりお前は、恐ろしいほどのお人よしで、べたべたに甘いお子様なんだな。――いいさ。誇りとやらと引き換えに、俺はお前に仕えてやる。瑠璃、お嬢さん？」

そうして確かに笑顔を見せた。ほんのわずかに唇の端を吊《つ》り上げるだけ。しかし眦《まなじり》が緩んで、瑠璃を見る目に柔らかさが宿った。

一瞬、瑠璃は見惚《みと》れてしまって、反応が遅れた。

「本当⁉」

言葉の意味が頭に届き、瑠璃の表情がぱっと明るくなる。一体何が彼の琴線に触れたのかはわからない。それでも胸がいっぱいになって、何度も頷いた。

「ありがとう！　これからよろしくね！　そうだ、あなたの名前を聞いていないわ」

「俺？　俺は景《けい》と呼ばれてる。赤子の俺がゴミ溜めに捨てられたとき、包んでいた布にそう縫い取られていたらしい」

「……苗字は？」

「そんな大層なものがあると思うか」

それもまた、瑠璃の想像を超える話だった。

一方、景は吹っ切れたように平気な顔で手にした弁当を見せつける。

「じゃあ、この弁当は俺が食っていいんだな」

「だ、だめ。おにぎりの方を食べて」

「それは瑠璃お嬢さんの分だろ。腹は減ってないのか？」

ニヤニヤしながら瑠璃の名を呼ぶ。どうやら気に入ったらしい。

瑠璃はお腹を押さえ、首を振って握り飯を差し出した。

「お腹は……空いているけれど。でもいいの。弱き人々を守るのが羽栖家の務めだから。景が全部食べなさい」

「強がるな。俺より瑠璃お嬢さんの方が弱いだろ」

景は肩をすくめ、瑠璃の手から握り飯を受け取った。竹の葉の包みを剝《は》がし、半分に割ってみせる。きょとんとする瑠璃の前に、かたわれを差し出した。中身は塩鮭だった。瑠璃の方に、大きな欠片《かけら》が入っている。

「ほら、食え。チビなんだから」

「……半分こしてくれるの？」

「半分ことか、よく恥ずかしげもなく言えるよな……」

景はぺろりと握り飯のもう半分を平らげたかと思うと、ちまちまと食べ進める瑠璃を観察して「食べるの遅くないか？」「口小さいな。人形みたいだ」とか好き勝手言っていた。

瑠璃は、食事中はむやみに話してはいけないと躾《しつ》けられている瑠璃は、言い返したくてもできない。

瑠璃の食事速度は普通だし、どちらかといえば景の口が大きいのだ。

そうしてやっと反論しようと口を開いたとき。

足元で呻き声があがった。

人間にはあり得ない濁った響き。瑠璃は狒々が起き上がるのを見た。油断していた。狒々は紛れもなく妖で、礫《つぶて》の一撃ごときでは斃《たお》れなかったのだ。

棒立ちになる瑠璃の前、庇ったのは景だった。振り上げられた狒々の腕、長くてしなやかで勢いのついた、剛力の鞭を顔面にまともに食らって横ざまにくずおれる。

ぱたり、と生ぬるい液体が瑠璃の顔にかかった。

「景！」

呪縛が解けたように瑠璃は叫び、景を膝に抱える。狒々を見ると、額に錐《きり》が突き刺さって倒れていた。粘ついた朱殷《しゅあん》の色の液体が伝い落ち、地面に不気味な模様を描く。錐は景が隠し持っていたのだろう。殴打されると同時に突き刺して、それで――。

「どうして……っ」

抱えた景の右目からは、真っ赤な血が流れていた。

瑠璃は泣きそうになって、ぐいと己の顔を拭う。手のひらを汚す液体は朱殷と真紅。だが温度が明確に違う。真紅の――景の血の方が、温かい。だがすぐに瑠璃の手の中で狒々の血と混ざり合って、いずれのものともわからなくなった。

景がかすかな笑みを見せる。

「どうしてって、俺は瑠璃お嬢さんに仕えるんだろ」

声はわずかに空気を揺らすばかりで、でも満足げな顔だった。右手で瑠璃の頬を撫《な》で、何かを確かめるように頷《うなず》く。

「嬉しかったんだ。俺の中に誇りを見つけてくれたのは、あなたが初めてだったから……」

騒ぎを聞きつけたのか、境内に大人たちが乗り込んできた。退けられた狒々と、瀕死の子供を発見して驚きの声をあげる。

すぐに病院に運ばれた景は右目を失ったものの、命に別状はなかった。その後は羽栖家で使用人として雇われ、瑠璃の遊び相手だか従者だか、祓い主見習いだかよくわからない立場に落ち着き――。

しかし楽しい時は長くは続かない。

ある日突然、羽栖家の敷地内に〈扉〉が開く。幽世から大量の妖が羽栖邸に雪崩《なだ》れ込み、そして。

「何も心配はいらない。瑠璃お嬢さんのことは、絶対に俺が守るからな」

「待って、景。あなたはどうなるの」

そのとき瑠璃は景とともに庭にいた。修練が終わった後、ふたりで花に囲まれた庭を散策するのが日課だったのだ。その日は桃の節句だったから、見事に咲いた桃の枝を少しだけ拝借して雛壇に飾ろうなんて、のどかな計画を立てている真っ最中だった。

何か大変なことが起きたのはすでにわかっていた。さっきまで薄紫色の夕陽に染まっていた空が急速に曇り、辺りには黒い靄《もや》のようなものが広がり、屋敷からは悲鳴と怒号が聞こえてくる。

今にも泣き出しそうな瑠璃の頭を、景はよしよしと撫でた。

「何があっても瑠璃お嬢さんだけは逃がす。大丈夫だ」

「でも、そんなの――」

ぐっと唇を噛み締める。景だって青ざめていて、ひとつしかない目を鋭く細めて周囲を窺《うかが》っている。もし本当に瑠璃を逃がそうとするなら彼だって無事では済まない。そんな危険を冒させたくないのに、何もできない非力な自分が心底惨めだった。

景はうなだれる瑠璃を励ますように、力強く笑ってみせた。

「俺だって祓い主としてずっと修練を積んできたんだ。安全な場所に連れて行くくらい造作もない。それに、すぐに旦那様や奥様も飛んでくるだろう。――ああ、ほら」

景がはっと顔を横向ける。その視線を辿《たど》れば、庭の小道をこちらに向かって駆けてくる母の姿があった。

「瑠璃！」

靄をかき分けてすぐそばまでやって来た母に、景が眉を開く。

「奥様といればもう安全だ。じゃあな、瑠璃お嬢さん。また会おう」

そう言ってそっと瑠璃の額に口付けた。びっくりして声も出ない瑠璃から、照れくさそうに目をそらす。

「……落ち着くように、まじないだ」

本当に何らかの術だったのか、それとも気休めだったのか、瑠璃には知る由もない。確かなのは、ばくばく嫌な音を立てていた心臓がすとんと落ち着きを取り戻したことだけ。

「待って、景……!」

瑠璃が最後に見たのは、他の祓い主とともに黒い靄の中に消えていく景の背中。

それが別れだった。

その後、母の手によって隠し部屋に逃れた瑠璃は生還する。瑠璃の両親は亡くなり、瑠璃は親戚の遠野《とおの》男爵家に引き取られることになった。

使用人は全員離散。景の行方は杳《よう》として知れない。

■第一章

極東の島国である日ノ本国の帝都に、常世《とこよ》と幽世《かくりよ》をつなぐ〈扉〉が開いた。

〈扉〉――人間の住む常世と、妖の棲む幽世を繋《つな》ぐモノ。必ずしも扉の形状をしているわけではなく、常世と幽世が結ばれさえすれば全て〈扉〉と称される。記録によれば、洞窟や池なども〈扉〉として確認されている。

そんなふうに、あるときから帝都には〈扉〉が開くようになってしまった。

二つの世界の邂逅《かいこう》は様々な問題をもたらした。何せ幽世は、常世とは全く異なる理《ことわり》が敷かれた世界。

そこには妖たちが築き上げた、独自の社会と文化と秩序があった。人間の理屈など超越して、妖は常世で気ままに振る舞う。新たな未開地を発見した人間は、遠慮なく幽世を踏み荒らす。

色とりどりの血が流れたところで、二つの世界は気がついた。――このままでは共倒れ、我らは共存した方がいいのでは？

そうして誓約が結ばれた。常世と幽世とは不可侵とし、妖は人間を襲ってはならず、人間は妖を祓ってはならない。

そして時の主上《しゅじょう》は帝都を妖と人間の交わる禁足地と定めた。〈扉〉は厳重に管理され、帝都に出入りする者は人間・妖問わず関所で厳しく検《あらた》められる。

そうした努力の結果、今や帝都は幽世と常世の商いの中心地となり、日ノ本国でも随一の花の都と名高い。

だが、何事にも例外はあるもの。一部の妖にとって、今でも人間は美味な餌。彼らからすれば誓約などは邪魔でしかない。監視の目をくぐり、不正に常世にやってきて人間を脅かす妖は後を絶たない。

そんな悪しき妖に対抗できるのは、祓い主と呼ばれる、特別な、選ばれた人間だけ。祓い主は己の霊力と長年の修行で磨かれた術によって妖を祓う。帝都で過ごす人々からは尊敬され、主上からは爵位を賜り華族として帝都で暮らす、重要な存在だ。

そして羽栖瑠璃《はすみるり》は、選ばれなかった方の人間だった。


原初の〈扉〉が開いて、九十八年目の春――。

十八歳になった瑠璃は、遠野《とおの》男爵邸の厨《くりや》で夕餉《ゆうげ》の支度をしていた。

女中たちに立ち交じり、手際よく料理をこしらえていく。遠野家に引き取られたばかりの頃はしょっちゅう指を切ったり火傷を負ったりしたが、今やすっかり慣れたものだった。

「瑠璃！　どこにいるのよ！　私の部屋に早く来なさい！」

甲高い声が聞こえて、瑠璃は鍋をかき混ぜる手を止めた。周囲の女中が、あーあ、と言いたげに顔を見合わせる。

「渚《なぎさ》お嬢様の癇癪《かんしゃく》だ。早く行きな」

女中頭が顔をしかめ、厨の出口へ顎をしゃくる。瑠璃は一礼してぱっと駆け出した。

(……一刻も早く行かないと、折檻《せっかん》される)

渚の私室は、広々とした畳敷きの座敷だ。開かれていた襖《ふすま》のそばに両膝をつき、瑠璃は廊下から静かに声をかける。

「渚様。お呼び、でしょうか」

「遅いわ。どうしてあなたはそんなに鈍間《のろま》なの？」

渚は姿見の前に立ち、腕を組んで瑠璃を見下ろしていた。彼女の周囲には色鮮やかな着物や帯がいくつも散らばり、錦の海を作り出している。

「私が呼んだらすぐに来るよう、いつも言っているわよね？　覚えの悪い瑠璃には仕置きをしなくちゃ。さあ、こちらへ来なさい。私の足元にね」

渚は美しい顔を嗜虐《しぎゃく》に歪め、白魚のような手で差し招く。瑠璃は着物を踏まぬよう、細心の注意を払って室内に足を踏み入れた。渚の持ち物を汚せば、何をされるかわからない。

指示に従い、彼女の前に跪く。次の瞬間、長い腕が振りかぶられた。

「祓い主の集会へ行くために着物を決めるの。手伝いなさいと言ったのに、どうして呼ぶ前に来ないのよ、この愚図《ぐず》！」

綺麗に爪を伸ばした手で、瑠璃の頰を打擲《ちょうちゃく》する。痛みはほとんど熱さと化して瑠璃には感じられた。手加減などは一切ない。爪が引っかかったのか、目の下に鋭い痛みが走った。

手伝えとは一言も言われていない。それに夕餉の支度が遅れたらそれはそれで怒られる。渚の叱責はいつもそうだった。瑠璃には覚えのないことで気軽に殴る。

しかし瑠璃は歯を食いしばって何とか体勢を保ち、すっと頭を下げた。

「申し訳ございません」

「お前ってそればっかり。謝れば済むと思っているのでしょうね？」

「そのような、ことは……」

「口答えを許した覚えはないわよ」

今度は腹部を蹴飛ばされた。予期せぬ衝撃に堪《こら》えきれず、瑠璃は呻いて畳に転がる。

「ちょっと、着物を皺にしないでよ！　早く起き上がって！」

「も、申し訳……」

よろよろと起き上がると、眼前にあった姿見が目に映る。ああ、と暗いため息がこぼれた。

鏡の中には、みすぼらしい少女がしゃがみ込んでいた。頰を赤く腫らし、目元には一筋の引っ掻《か》き傷が目立つ。痩せこけた体を粗末な鼠色《ねずみ》の絣《かすり》で包み、擦り切れた袖から伸びる手足は枝のように細い。ひとつに括ったただけの黒髪は、艶もなくだらりと垂れ下がっている。

一方、渚は華やかな牡丹《ぼたん》柄の着物をまとい、艶やかな髪を翡翠《ひすい》の簪《かんざし》で結っている。大きな瞳に可憐な唇は、帝都の社交界でも花のかんばせと評判だ。同い年のはずなのに、かたやぼろ雑巾、かたや百合の花の風情でとても縁戚とは思えない。

騒ぎを聞きつけたのか、渚の母親である浜子《はまこ》が現れた。こちらも渚によく似た美女である。

「渚、どうしたの？」

「聞いてよお母様。瑠璃が私の言いつけを守らないのよ」

「まあ、なんてこと」

浜子は大げさに目を丸くして、

「あなた、自分の立場をわかっているの？　誰のおかげで生きていると思っていて？　むざむざ妖に殺された姉さんの娘であるあなたを引き取ったのは、私たちの優しさゆえなのよ」

「ほーんと、感謝が足りないわよねえ、感謝が。しかも祓いの才もないんだから、役に立たないったら。使用人として家に置いてあげるだけで有り難く思ってほしいわ」

渚がしゃがみ込んだ瑠璃を再び足蹴にする。だが、瑠璃は畳に腕を突っ張って倒れまいとした。

ささやかな反抗に気がついて、渚が柳眉《りゅうび》を上げる。おそらく彼女は、瑠璃の弱点を知っている。

くすくす笑いをこぼしながら、渚は甘い声音で囁いた。

「妖に殺されてしまうような、弱いよわーい祓い主の子供だから、あなたは能無しなの？」

「違う……！」

瑠璃は弾かれたように顔を上げた。血の気が引いていくのが自分でわかる。唇を噛み、ぐっと渚を見つめると、彼女は醒《さ》めた目で瑠璃を見下ろした。

「何よその目、私は間違っていないわよ。あなたの両親は弱いから死んだ、それだけ。祓いの才能がない瑠璃は死ぬ価値もないから生き延びた。私はそうはならないわ。優秀な祓い主になって、立派な殿方に嫁ぐの。一生ここで働き詰めのあなたと違ってね。この差がおわかり？」

そう言って、躊躇《ためら》いもなく瑠璃の頭に足を下ろす。

「あなたは将来有望な祓い主に楯突いたのよ。謝りなさいな」

渚の蛮行を止める者は誰もいない。瑠璃は踏まれるがままに、黙って頭を下げた。

けれど絶対に、謝罪は口にしたくなかった。

羽栖の娘として、偉大な祓い主だった両親を、汚すわけにはいかなかった。

弱き人々を守るような誇り高い人間であれ——。

もはや瑠璃には尊厳がない。殴られ、蹴られ、満足に食事も与えられず、嬲《なぶ》られて遠からずここで死ぬ。

だとしても。

両親が、あの気高い人々が、存在したことを証明できるのは、今や瑠璃しかいないのだ。浜子らの手により羽栖家の財産は散逸し、写真も形見も残っていない。ふたりを亡くしてから時が過ぎ、最近では声も朧げだ。

それでも両親から受け継いだ誇りさえ失わなければ、瑠璃は愛する人たちとつながっていられる気がした。

記憶を攫《さら》う年月には、生き方で対抗するしか術がない。

謝らない瑠璃に業を煮やしたのか、渚が髪に挿した簪を手に取る。足が退《ど》かされたかと思った刹那、肩に走った灼熱の痛みに瑠璃は悶えた。

「うぅあ……っ！」

「あーあ。お気に入りの簪だったのに折れてしまったわ。これと同じものを小間物屋で買ってきなさい。今すぐよ」

見れば、右肩に渚の簪が突き刺さっていた。美しい銀簪は根本からぽきりと折れて、翡翠の歩揺《ほよう》が畳に転がっている。

おそるおそる簪を引き抜きながら、瑠璃はあえいだ。簪の先端が肉を裂くたび、焼けるような痛みが走る。絆に血が滲んだ。

「で、すが、もう、遅い時間で……」

力の入らない手で肩を押さえ、つい反駁《はんばく》した瑠璃の頬にまたも平手打ちが飛んできた。

「この私が命じているというのよ、拒否は許しません。ま、気をつけなさいね。あなたの両親が死んだときみたいにならないように。確か襲撃にあったのも、こんな時間だったらしいじゃない」

瑠璃は開け放たれた障子窓に顔を向ける。太陽が傾き、春霞の広がる空が薄紫に染まっている。

黄昏時《たそがれ》――。

昼と夜のあわい。妖が最も跋扈《ばっこ》する時。

両親が死んだときも、こんな色の夕焼けだった。

瑠璃は、祓い主の家系に生まれながら祓い主としての力を持たない。どれほど修行をしても瑠璃の唱える呪言には霊力が宿らず、妖はそよとも反応しなかった。

それどころか――むしろ瑠璃は、妖を惹《ひ》き寄せる性質を持つ。

だから子供の頃は、ひとりでは結界の張られた羽栖邸から出なかった。たった一度外出したときも、狒々に襲われた。あのとき自分を守って右目を失った男の子を思うと、今でも胸が苦しくなる。

だから両親が亡くなったのも、自分の体質のせいではないかとずっと考えていた。妖は人を襲わないように取り決められている。それなのに羽栖家が襲われるのはおかしいのだ。祓った妖の報復を受けたのだろうと噂されたが、結局襲撃犯の妖は幽世に逃げのびて捕まらず、真相は藪の中。

瑠璃には妖を狂わせるような何かがあって、それが数々の襲撃に繋がったのではないか。そもそも祓い主の家系に、瑠璃のような祓いの才がない人間が生まれることも前代未聞だった。口さがない人々は、瑠璃を忌み子と嘲って憚《はばか》らなかった。

瑠璃は紛れもなく異分子だった。

瑠璃の母親の妹——瑠璃の叔母——である浜子の縁で、遠野家に引き取られたものの、遠野家の面々も使用人も不吉だと忌み嫌い、虐げ、以来逃げ場のない地獄に置かれている。

瑠璃は屋敷の裏からひとりで抜け出した。木戸門に植えられた桜の木が、薄紅色の花弁をしきりに降らす。

小間物屋は遠野邸からほど近い、橋の向こうにあった。気をつけて行けば大丈夫だと、信じるしかなかった。

壊れた簪を右手に握りしめる。問題なく握力は回復している。傷の治りが早いのは、瑠璃の唯一の取り柄だ。すでに痛みは引いて、薄く肉が盛り上がっている。明日には傷痕も消えているだろう。頬の怪我はとうに治り、青白い肌が戻っていた。

遠野邸をぐるりと囲む築地塀のそばを歩くと、人々のざわめきや川の水の匂いが漂ってくる。もうずっと、瑠璃には馴染みのない感覚だった。

(屋敷の外に出るのは何年ぶりかしら。遠野家に引き取られてから初めてね)

しかし、感慨に耽っている場合ではない。早く小間物屋へ行って簪を買わなければ暴力を振るわれるに決まっていた。それに自分の体質上、妖に襲われる危険がある。

細い道を辿って歩き、橋を見かけてほっとする。清流に架かる、三間ほどの木橋。これを渡れば小間物屋はすぐだった。

先ほどまではさざめきが聞こえていたのに、みな家路についたのか、辺りに人の気配はない。瑠璃は急いで橋桁に草履《ぞうり》を乗せた。

とたん、夕陽に目が眩んだ。

「──瑠璃」

耳朶《じだ》を打つのは懐かしい女性の声。とうに遠ざかったと思っていたのに、その響きを聞いた瞬間、確信に貫かれて瑠璃は顔を上げた。

この声を、決して聞き間違えるはずがない。

「お母様……っ！」

橋の中央、燃えるような落陽を背に、緋色地に菊柄の着物をまとった女性が立っている。

そのたおやかな姿は、瑠璃の記憶と寸分たりとも違わない。

瑠璃の目に涙が浮かぶ。凍りついていた心が溶けていくようだった。

辛かったのだ、悲しかったのだ。大切な人たちと別れ、遠野家では踏み躙《にじ》られ。瑠璃を庇う者はひとりもおらず、ずっと孤独だった。

母は微笑む。

「おいで、瑠璃。可愛い私の娘」

導かれるように踏み出して、瑠璃の心に疑念が生じた。

（違う、こんなことはありえない）

帝都では、亡くなった人間の魂は、三途の川を越えて幽世へ行く。文字通り、死後は魂となって幽世で過ごすのだ。ここでは死後の再会が現実的に約束されている。代わりに死者の魂の往来は厳しく制限されていて、生者の気持ちを乱さないよう、常世への出現は特に禁じられていた。

死んだ両親が、常世にいるわけがない。

「どうしたんだ、瑠璃。こちらへおいで」

母の隣に父も現れる。ふたりとも笑って、瑠璃を手招いている。

「瑠璃、瑠璃」

声は蜜の飴を伸ばしたようで、とろりと甘く瑠璃を呼ぶ。

今は黄昏。誰そ彼時。

もう一歩、踏み出しかけた足が空を切る——。

「瑠璃！」

今度は聞き覚えのない声がして、瑠璃は腕を掴《つか》まれた。

がくん、と宙で落下の止まるような感覚があって、急速に水音が耳に迫ってくる。

（誰……？）

瑠璃はぼんやりとかたわらを見上げた。

必死の形相で腕を引くのは、瑠璃よりも少し年上の、洋装の男だった。櫛の通った黒髪に、恐ろしく整った白皙《はくせき》の顔立ち。

何より目を奪うのは、左右で異なる瞳の色だった。左は普通の黒瞳だが、右目が青く輝いている。異人とも異なる、何処か遠い異界の可惜夜《あたらよ》のような、不思議なきらめきだった。

足元を見れば瑠璃はいつの間にか欄干を乗り越えていて、今にも川に落ちそうだった。

眼下では白い飛沫を上げて水が流れている。落ちたら溺れてひとたまりもなかっただろう。

男は、ゾッとしている瑠璃の腕を引き寄せ、橋桁に戻してくれた。

「……ご親切に、どうも、ありがとう、ございます」

礼を言う声が掠れた。遠野家ではあまり口を利かないように躾けられている。「申し訳ございません」以外の言葉は言い慣れていなかった。

男が呟いて川を見下ろす。視線を追って川を見れば、波間に獣の影が消えていくところだった。

「今のは、川獺《かわうそ》だな」

「あいつらは人間を化かす妖だ。今、何をされた」

瑠璃は欄干に手を置く。先ほど見た両親の幻は、川獺に化かされたのだろうか。

やはり自分は妖を引き寄せるらしい。瑠璃は暗い気持ちで首を横に振った。何か説明すべきなのかもしれなかったが、これ以上物言う気力がなかった。見ず知らずの男性に礼を言う。それだけが今の瑠璃の精一杯だった。

男はしばらく瑠璃を見つめていたが、何かに気づいたように声を低めた。

「……瑠璃？　もしかして、俺を覚えていないのか」

瑠璃はちょっと首を傾げる。橋の上を風が渡って、擦れた絣の裾を揺らす。

そういえば、彼は瑠璃の名を呼んでいた。

（……知り合いかしら）

とはいえ、瑠璃に親しい人間などいない。人違いではないだろうか。

ぼうっとしている彼女に、男は皮肉げに唇の端を吊り上げた。

「瑠璃お嬢さんからすれば、使用人のひとりごとき、拾った犬みたいなものか？　きちんと首輪でも付けておけばよかったか」

その意地悪げな口ぶり。辺りに薄闇の忍び寄り始めた中でも際立つ花貌《かぼう》。

理性が記憶を遡る前に、彼の名前は口をついた。

「……景《けい》……？」

男の顔がパッと明るくなった。

「ああそうだよ、よく思い出したな」

瑠璃はあらためて眼前の男を見つめる。

あのとき彼の右目は失われたはずだった。だが、かつて潰されてしまった眼窩《がんか》には、今は不思議にきらめく瞳が鎮座している。深い青色の虹彩に、ときおり星屑のような光がちらつく。明らかに尋常ではない様子だ。

瑠璃を見つめ返す景の眉も訝しげにひそめられる。視線が至るところを行き来した。削げた頬、骨の浮いた手足、粗末な絣、手入れもされずぱさついた髪——。

「怪我をしているのか。着物に血が滲んでいる」

「………」

肩を指差されても、瑠璃は黙ってかぶりを振るしかできなかった。余計なことを言って遠野家の人々の耳に入ったら折檻されるのは間違いない。

何も答えない瑠璃に、景がますます不審そうに訊く。

「瑠璃は、今どこで何をしている？」

「……遠野家の皆様に、お世話になっております……」

慎重に脳内で言葉を組み立ててから発言する。遠野家の評判を落とすことは絶対に言えない。早く会話を切り上げてこの場を立ち去りたかった。このまま話し続けて、無難にお茶を濁す自信がない。

それに何より。

こんな惨めな姿を見られたくなかった。

景は何か見透かしたように右目を細めたが、打って変わって穏やかな口調で言った。

「……今はどこかへ出かけた帰りか？　遅い時間のひとり歩きは危険だ。送ろう」

瑠璃は困ってしまった。今までのように首の動きだけで意思を伝えられる質問ではない。しかも、わざとなのか景は進路を塞ぐように立っている。振り切って逃げるのは不可能だった。

「……簪、を……」

仕方なく折れた簪を懐から取り出す。焦燥とともに橋の向こうに目をやった。早くしないと小間物屋が閉まってしまう。

瑠璃の短い一言と目の動きで、景は何もかも察したらしい。簪の残骸を取り上げるとくるりと踵《きびす》を返した。

「あ、あの……っ」

「簪が折れたから小間物屋に買いに行くんだな?」

顔だけ振り向いて瑠璃に確かめる。必死に追いかけながら、瑠璃はぶんぶんと頷いた。

わけがわからない。景の意図が掴めない。だがとにかく簪を買って帰らねば。

橋を渡ってすぐのところに小間物屋はあった。格式ある構えで、瑠璃は一瞬足がすくむ。

しかし景は慣れた様子で入り口の暖簾《のれん》をくぐった。

「ご主人、邪魔するぞ」

「あら鷲尾《わしお》様。こちらにいらっしゃるとは珍しいですね」

店内から現れた壮年の女性が、景を見留めて恭しく頭を下げる。彼の後ろにひっそりと控えた瑠璃はぼんやり思案を巡らせた。

(鷲尾……? どこぞの家へ婿入りしたのかしら)

景には苗字がなかったはずだ。もしくは養子という可能性もある。

いずれにせよ、現在の彼の洗練された振る舞いからは、良い人たちに出会ったのだろうと感じられた。

景は店の女主人に簪を見せ、

「もうすぐ店じまいだというのに悪いな。これと同じものを用意できるか?」

「あいにくと、この簪はもう取り扱っていませんねえ」

女主人が痛ましげに眉根を寄せる。

「踏んで折れたというわけではなさそうですね。何か……簪で刺したのでしょうか？　ここまでひどいと修理も難しいですわ」

とっさに瑠璃は肩を押さえる。景の視線を感じたが、すぐにそらされた。

「ならば仕方がない、他の簪を求めるとしよう。……瑠璃はどれが気に入った？」

「え……？」

問われて、瑠璃はおろおろと店内を見回す。渚から与えられた金子《きんす》はわずかだった。できれば店で一番安いものがいい──。

視界の端にきらめくものがあって、瑠璃はそこで視線を止めた。

群青色の輝石があしらわれた可憐な簪だった。値札を見ればとうてい買えそうにないほどの金額。ただ石の色が綺麗だったから目に留まっただけ。

すぐに顔を背けたのに、景は迷いなくその簪を持ち上げた。

「では、この簪をいただこう」

「えっ⁉」

「瑠璃が気になったようだから」

「い、いえ……」

止める間もなく買い上げられた簪を、気づけば店の前で渡されていた。

手に乗せられた簪はずしりと重い。瑠璃は恐縮しきって首を縮めた。

「あの、お代を……」

「これくらい構わない。……気に入ったか？」

「……………」

瑠璃が気に入ったかどうかは関係がない。これは渚のためのものだ。

それでも、瑠璃は簪を空に翳《かざ》した。すっかり日は落ちている。降り注ぐ月明かりを受けて、つるりとした石が輝いた。

これが気になったのは、自分の名前と同じ、瑠璃の石が飾られていたからだ。

もうすでに手元にはない、椿の髪飾りを思い出す。あれも瑠璃の石で作られた華やかな一品だった。両親が瑠璃の誕生日に贈ってくれたもので、喜んだ瑠璃はいつも髪に挿していた。遠野家に引き取られたときに、浜子や渚に取り上げられたきり、行方も知れない。どこかへ売り払われてしまったあとだろう。

帰り道は景に送られた。今度は無事に橋を渡り終え、遠野邸に辿り着く。

裏口に灯りはなく、辺りはほの暗い。景の右目ばかりが炯々《けいけい》と明るい。

「瑠璃お嬢さん」

木戸門をくぐろうとした瑠璃に、景が声をかけてきた。

瑠璃は振り向いた。満開の桜の下、景は瑠璃の手を握った。ずいぶん冷たい手だった。

「俺はこのときを——八年待った」

　そういえば、と瑠璃は遠く思う。景と離れて八年経つのか。

だからどうなるという話でもない。一度分かたれたふたりの道は、たった今、一瞬だけ交叉して、また離れる。それだけだ。

「……簪を、ありがとうございました」

　瑠璃はゆるりと首を振って手をほどく。景が何か言いたげにするのを振り切って、勝手口から屋敷へ戻った。

　簪はすぐに渚に取り上げられてしまった。豪奢《ごうしゃ》な造りに渚はご満悦で、折檻を回避できたのだからよかったのだろう。


　瑠璃に来客があったのは翌日の昼過ぎだった。

「あなた一体何をしたのよ！」

　浜子の命令で、屋敷の掃除中だった瑠璃は渚のお古の振袖を着せられた。信じがたいことに化粧まで施される。

　何が起きているか理解できず、心許ない顔つきなことを除けば、鏡台に映る瑠璃はいっぱしの令嬢だ。

「あの鷲尾商會の会長から朝一番に連絡があったのよ。瑠璃に話があると」

　瑠璃は浜子の自室で、女中頭に髪を梳《す》かれていた。鏡台の前に座って呆然とする瑠璃の周りを苛々《いらいら》と歩きながら、浜子が早口に言う。

「……鷲尾」

その名を繰り返したのは昨日の邂逅があったせいだが、浜子は無知ゆえの疑問だと捉えたらしい。呆れたように鼻を鳴らした。

「そんなことも知らないの？　帝都最大の商社よ。帝都が常世と幽世の交易で栄えている以上、交易の中枢を担う鷲尾商會は陰の権力者だわ。悔しいけれど、男爵位の私たちじゃ出会えないくらいのね。その頭領の機嫌を損ねるわけにはいかないわ」

「でも会長って、何だかきな臭い噂がなかった？」

壁にもたれた渚が意地悪く言う。

「なんでも、幽世で生まれ育った半人半鬼で、歯向かう者には容赦なくて冷酷なのだとか。きっととんでもなく醜い化け物よ。人を食ったりするんじゃないの。瑠璃は貧相だから食い出もなさそうね。今晩の味噌汁の出汁になるのかしら」

憎まれ口を叩きつつ、渚は真新しい振袖姿で美しく装っている。頭には、昨日瑠璃が景に買ってもらった簪が飾られていた。己が美貌で鷲尾商會の長の目に留まることを期待しているのだろう。

だがそんな渚の悪罵も耳を通り抜けるくらい、瑠璃は混乱していた。

（……景は鷲尾商會と関係があるのね。苗字を得ている以上は、婿入りか養子……いえ、

婿入りじゃないかしら）

例えば景が、会長の娘と結婚していたとして。昨日瑠璃と歩いていたところを誰かに見咎められ、会長が「娘婿にちょっかいをかけおって！　この阿婆擦《あばず》れ！」と怒鳴り込んできた可能性は十分ある。むしろそれ以外考えられない。次点で「大切な息子にちょっかいをかけおって！」の可能性もあるが、どちらでも瑠璃にとって最悪なのには変わりがない。

（……土下座で許してもらえるかしら……）

とにかく弁解して、頭を下げるしか道はない。噂通りの恐ろしい御仁だった場合はもう命を以て詫びるしかないかもしれないが、それならそれで構わない。

ひっそり覚悟を決めていると、女中がバタバタと廊下を駆けてきた。

「浜子様、お客様がお見えになりました。今は客間で旦那様が応対していらっしゃいます」

「大変、お待たせしてはいけないわ。瑠璃、早くしなさい！」

浜子に急かされて、女中頭がぐいと乱暴な手つきで瑠璃の髪を結い終える。力が強すぎて、ぶちぶちと何本か髪の毛の抜ける感覚がした。「とろいのよ！」と浜子が叫んで瑠璃を無理やりに立たせる。

そのとき部屋の入り口に、長身の影が差した。

「――どうやらこの家は、客の対応もなっていないらしいな」

ずきずき痛む頭を押さえ、瑠璃はつと振り仰ぐ。

幻聴ではない。昨日も確かに聞いた声。

美しく整ったかんばせの中で、妖しく輝く青の瞳。

「俺は羽栖瑠璃に求婚しに来たと、前もって伝えたはずだが」

何だかよくわからないことを宣う鷲尾景が、そこに立っていた。

客間に引き立てられた瑠璃は、ふらつきながら座布団に座った。

(……どういう、ことなの)

床の間の設えられた座敷には、遠野家の面々と瑠璃、それから景が一堂に会している。一様に戸惑った顔つきの遠野家側の人々をよそに、景は堂々としたものだ。すらりと着こなした黒の三揃いが実によく似合っている。

「瑠璃を鷲尾様の婚約者に、とは……ご冗談かと思い、失礼いたしました」

遠野家の当主であり、渚の父親である彦蔵《ひこぞう》が口火を切る。景は鷹揚《おうよう》に頷いた。

「構わない。こちらも突然の話だ」

だいぶ年上の彦蔵に対しても、景の尊大な口調は変わらない。だが客間の誰もがそれを当然と受け取って、渚にいたっては景にぼうっと見惚れている。

さもありなん、と瑠璃は納得する。眼前の男には人目を惹く強さがある。容姿端麗な権力者、というだけでなく、内から滲む確固たる自信が、彼を眩《まばゆ》く彩っているのだ。

塗り込められた白粉《おしろい》が、顔をこわばらせて仕方がなかった。瑠璃は彼とは全く違う。いくら外見を装って令嬢風にしたって、中身は偽れない。昔のように気軽に話すことなど、とうていできそうになかった。顔さえまともに見られない。

「だが間違いなく、俺は羽栖瑠璃を求めている。まずは婚約者とするのが華族の作法だからそうするが、いずれは必ず結婚するつもりだ」

だからこそ、信じられない言葉の数々に瑠璃の眉が訝しく寄った。

（……目的が読めないわ）

一から十まで全部おかしい。この申し出は、景に利益が何もない。瑠璃が差し出せるのは我が身くらいで、それとて大した値打ちもない。

この若さで商會の長にまで上り詰めた男が、そんな不利な取引を持ちかけるだろうか。裏があるに違いないと思うものの、どこをどう掘っても瑠璃がもたらせる利が見当たらない。内心頭を抱えたところで、

「お待ちくださいな」

声を上げたのは渚だった。欲に瞳をぎらつかせ、表情だけはしおらしく問う。

「どうして瑠璃なのですか？　私たち、本当の姉妹のように育ってきましたのよ。嫁いだ先で瑠璃がひどい目に遭わないか心配です。この子を選んだ理由をお聞かせくださいまし」

とんだ言い草だが、渚に全面的に大賛成だった。景が求めているものをはっきり示して

ほしい。瑠璃を妖向けの干物に加工して売り飛ばすつもりだとしても喜んで受け入れる。

（少なくとも、ここでただ死を待つより、景の役に立てた方がずっと良いもの）

景は検体を観察するような目つきで渚を見やったが、すぐににっこり笑って胸元に手を当てた。

瑠璃ははっと息を呑む。それは先ほどまでの不遜な商會の頭領ではなく、かつての従者の仕草だった。

「遠野家の皆様は覚えていませんか？　その昔、羽栖家にはひとりの使用人がいたことを。瑠璃お嬢様が拾った、右目のない子供です」

「……ああ、そういえば。あの顔の綺麗な子ね」

渚が慎ましく口元に手を当てる。従姉妹同士だから、互いの家を行き来する機会もあった。そのときに顔を合わせていたのだろう。

「瑠璃様から受けた御恩を返したいと常々思っておりましたが、羽栖の旦那様と奥方様が亡くなり、長らく瑠璃様の音信が途絶えてしまいましてね。それが先ごろ偶然出会い、聞けば遠野家でご厄介になっている様子。ならば少しでもお役に立てれば、と結婚を申し出た次第です。健気な忠義心、とご笑納いただければ」

「ご立派な心がけですが、別に結婚でなくても良いでしょう？　それこそ、遠野家にいくらか援助いただく方法だってあります」

抜け目ない渚に、景が苦笑した。その目が全く笑っていないのは、瑠璃の気のせいだろうか。

「もちろん、こちらにも多少の下心はあります。羽栖家はまだ爵位を返上していない。ほとんど断絶しているとはいえ、瑠璃様は羽栖子爵家のご当主です。対して鷲尾家は帝都最大の商會を営んでいるものの、身分はただの平民。羽栖家へ婿入りすれば箔付けになるだろう、とね」

政略結婚、というわけだ。景は金銭を、瑠璃は華族の身分を差し出す。景からすれば忠義心も満たせて一石二鳥。互いの利益は一致している……ように思える。

しかし、意味を悟った渚が前のめりになった。

「そうでしたの。でも華族の地位が必要ならば、他にいくらだって娘はおりますわ。それこそ私なんていかがかしら。遠野家は子爵よりも位が下ですが、有望さでは上回っています。鷲尾様と力を合わせて、いずれは主上より伯爵位を賜ることも夢では」

「思い上がるなよ、遠野渚」

冷や水を浴びせるような声だった。しん、と客間に沈黙が落ちる。床の間に生けられた雪柳が、怖じたように白い花びらを揺らした。

いつの間にか景は人好きのする笑みを消し、そら恐ろしいほどの真顔になっていた。異形《いぎょう》の瞳に渚を映し、冷え冷えとした口調で告げる。

「俺はお前ごときの演説を聞きに来たわけではない。黙っていろ」

「な、なんですって……っ⁉」

渚の頬にサッと血が上った。立ち上がりかけたところを浜子に制止され、嫌々座布団に腰を下ろす。

景はもはやそちらを一顧だにせず「それで」と言葉を継いだ。

「瑠璃は俺の求婚を受けてくれるか」

空気が張り詰める。場の全ての視線が、座の一番端で体を縮こまらせる瑠璃に集中する。

背筋が粟立つのを感じながら、瑠璃は心の中で呟《つぶや》いた。

（……私……？）

問いの意味がわからなかった。遠野家に世話になっている身分である以上、瑠璃の意見は関係ない。彦蔵が良しといえば通るし、否といえばこの話は終わりだ。

それなのに、今ここにいる人全てが、まるで瑠璃の言葉に意味があるかのように固唾を呑んで待っている。

久しく忘れていた感覚だった。

――まるで心があるように扱われるのは。

白粉の塗られた頬に冷や汗が浮かぶ。ぽたり、と膝に重ねた手に水滴が滴る。

借り物の振袖を汚してはいけない、と慌てて顔を上げ、集まる視線に耐えられず縁側越しの庭に目をやった。

雲ひとつない、どこまでも澄んだ晴空が広がっている。

こちらを包み込んでくれるような、どこか柔らかな青だった。

（もし――頷いたら）

ごくりと唾を飲み込む。

（ここから、出られる）

いずれ嬲り殺される身だと諦めていた。せめてちっぽけな誇りだけを握り締めて、額を地べたに擦《こす》り付けて生きる日々だった。

景と結婚したとて、全ては奸計《かんけい》で今日の夜には山に埋められるのかもしれない。爵位がどうの、恩義がどうの、一見して天秤の傾いた政略結婚で、言うこと全てが怪しすぎる。

（けれど、お父様とお母様を馬鹿にするような人たちのもとで黙って死ぬのを待つのは、もう、嫌だ）

散々投げつけられた罵詈雑言《ばりぞうごん》が耳にこだまする。彼らの暴言を許していたら、与えられる痛みに耐えかねていつか頷いてしまったら――瑠璃はもう大切な人たちとのつながりをなくしてしまって、叩いたら悲鳴を上げるだけの玩具に成り下がる。

そんなのは、嫌だった。

深く息を吸い、景に向き直った。こんなときの作法なんて知らない。

それでも在りし日に、令嬢として育てられた記憶が蘇る。いつかの母が教え示した通り、すっと三つ指をつき、深々と頭を下げる。

これは謝罪を乞うためではなく、新たな縁をつなぐために。

「――不束者《ふつつかもの》ですが、どうかよろしくお願いいたします」

頭の上で、景が吐息だけで笑う気配がした。

「これで決まりだな。本日をもって羽栖瑠璃は俺が貰い受ける。文句はないな?」

傲岸に言って立ち上がる。本日?と思っているうちに瑠璃はふわりと横抱きにされていた。とっさに悲鳴を圧し殺し、景の腕の中で体を固くする。摑まるところがない。こんなふうにされるのは初めてだ。景の背が高いせいか畳が遠くて、正直怖い。

「お、お待ちください!」

取り縋《すが》ったのは彦蔵だった。広い額に汗をかきかき、卑屈な困り顔で訴える。

「本日などと、急すぎます。我々にも用意というものがございますし、その、結納金のお話も必要です。瑠璃はとてもよく働く娘でしたから、相応の金額をいただかねば困ります」

「金か」

景が冷たい眼差しで彦蔵を見下ろした。心底軽蔑したように、

「そこの娘は、本当の姉妹のように育ったと言ったが。それが答えで相違ないか?」

「いやその……では結納金は……」

彦蔵が口ごもるのに、浜子が割って入った。

「大切な娘を手放すからこそ、しっかり払っていただきませんと。まさか鷲尾商會の会長ともあろう方が出し惜しみなんてなさいませんわよね？」

彦蔵と違い、襖の前に仁王立ちした浜子は強気だった。何がなんでも金が欲しい。そんな気迫が伝わってくる。

最後の一滴まで搾り取ろうとする姿勢に、瑠璃は惨めになってきた。きっと幽世の餓鬼さえ道を譲る、おそるべき浅ましさ。

同時に、景を煩わせるのが申し訳なかった。今までは瑠璃ひとりが耐えれば済む話だったのに、これからは彼らの行いが景に迷惑をかけてしまう。

（……これが、結婚なの……）

比翼の鳥だの連理の枝だの、そんなにいいものではなかった。ただ景に負担をかけるだけ。やはり断った方が、と口を開きかけたとき。

瑠璃を抱える腕に、景がぎゅっと力を込めた。離すまいとでもいうように。

おそるおそる景を見上げる。彼はこちらに視線もくれないが、険しく浜子を睨みつけていた。

「俺は商人だ。価値あるものに金は惜しまない」

短い答えに、浜子がにんまり卑しく笑う。

「ただし、俺が支払うのは結納金ではなく手切れ金だ。意味はわかるな？」

「それなら」

反論を許さぬ強さだった。たじろぐ浜子を「邪魔だ」と押し退け、淀みない足取りで廊下を進む。女中たちが左右の部屋からこわごわ顔を出し、目を丸くしていた。

玄関まで辿り着いたところで、景がぴたりと足を止める。状況に追いつけずぼうっとしていた瑠璃はきょとんと小首を傾げた。

景はじっと瑠璃を見つめ、気遣うように言った。

「……勢いのままにここまで来たが。瑠璃に荷造りの時間が必要だったか」

瑠璃は自分の部屋を思い返した。

部屋とは名ばかりの、屋敷の奥にある納戸だった。手足を広げられないほどの狭さで、窓もなく、埃っぽく、渚が飽きて弾かなくなった琴やら浜子が着なくなった古着やらの隙間で夜な夜な眠った。

黙然とかぶりを振る。この家に大切なものなどひとつも存在しなかった。

「……いいんだな？　もう二度とこの家に戻ることは許さない。泣いても喚いても縋っても、絶対にだ」

景の目を見て、構わない、としっかりと頷く。彼はしばらく時空の果てさえ見透かしてしまいそうな不思議な瞳でこちらを見据えていたが、やがてそっと瑠璃を廊下に下ろした。

土間の隅に転がった草履を履く。きらびやかな振袖には似合わぬ、底の薄い草履だった。

「履物も新調しないとな。――行くぞ」

景が先に立って玄関戸を開く。差し込む眩《まぶ》しい陽光に、瑠璃は思わず袖で顔を覆った。

戸の開かれた先には白砂利が敷き詰められ、門まで飛び石が続いている。

風にさざめく葉擦れの音、鳥のさえずり、軒先をよぎる紋白蝶の翅《はね》の白さ。

敷居をまたいで深呼吸をすれば、新緑の香りが鼻先をくすぐる。

あらゆる生命の気配が四方から瑠璃に迫ってきて、その場にへたり込んでしまいそうになり――そこでやっと思い至って、とっさに景の上衣の裾を摘んだ。

「どうした？」

驚いたように景が振り向く。瑠璃は気力を奮い起こし、途切れ途切れに伝えた。

「……私は、妖を、引き寄せます」

外に出るわけにはいかない。遠野家は祓い主の家系だけあって結界を張ってあるので平気だが、昨日のように往来を歩けばどのような妖に襲われるかわからない。

だが、景はふっと笑った。確信に満ちた笑みだった。

「妖であれ人間であれ、俺が瑠璃に指一本触れさせるわけないだろう」

陽光の下でも、景の右目は褪せることなく輝いている。半人半鬼、という言葉が頭をかすめた。この八年で彼の身上に何か尋常ならざる出来事が起きたのは予想できた。

だがそんな噂とは関係なく、彼の言葉は信じられるような気がした。

「……はい」

噛み締めるように頷いて、袖から手を離す。それからゆっくりと門の外へ向けて、一歩を踏み出した。

帝都において華族が結婚する際に婚約者という段階を踏むのは、花嫁があらかじめ婚家に入り、家事やしきたりを教わるため。いわゆる花嫁修業の側面がある。

そのため瑠璃は鷲尾家に住むことになるのだろうと考えていたが。

「……あ、あの、この、家は」

景に案内された屋敷を前に、瑠璃は慄《おのの》いていた。

「ああ。住み慣れた家の方が都合がいいだろう」

何でもないように言って、景は鉄扉を開ける。

月光の下、芝生の鮮やかな庭園の奥、瀟洒《しょうしゃ》な赤煉瓦の洋館と、広々とした平屋が混在した和洋折衷の造りの屋敷が佇んでいた。

移動に時間がかかり、辺りはすでに夜になっているが、その威容は間違えようもない。

ここからは見えないが、屋敷の向こう側には外廊下でつながれた離れがあり、蔵がひとつ建っているのさえ、瑠璃は知っている。

それはとうに他人の手に渡ったはずの羽栖邸だった。

景の後ろをついて歩きながら、瑠璃は声を震わせる。

「ど、どうして……売りに出されたと……」

「買い戻した」

玄関ポーチで啞然と屋敷を見上げる瑠璃に、あっさりと景が教える。樫《かし》の玄関扉を開ければ見覚えのある吹き抜けのホールが広がっていて、瑠璃はくらりと目眩がした。天窓から銀の光が降り注ぎ、先に進んだ景を照らす。

「ちょうど商會にも近くて好都合だった。それだけだ。瑠璃が気にすることじゃない」

何と言われようが気になって仕方がない。決して安くはない金額のはずだ。一度、調べたことがある。上級の祓い主として二十年務めてやっと得られるかという値段で、瑠璃が取り戻すなど夢のまた夢だった。

それを、この人は。

「……その、旦那様のご実家は」

「旦那様ぁ？」

今までずっと余裕綽々《しゃくしゃく》だった景が、初めて素っ頓狂な声を上げた。

まじまじと瑠璃を見つめ「冗談じゃないのか……」と小さく言うと、顎を指先で摘み、何事か考え込み始めた。瑠璃はホールの隅の暗がりで、ぼうっと立ったまま待っていた。

待つのには慣れている。

ほどなくして、景はぐしゃりと前髪をかき混ぜた。

「……旦那様と呼ぶのはやめてくれるか。瑠璃には名前で呼んでほしい」

「ですが……」

瑠璃は呟いて、視線を床に落とす。汚れひとつない、臙脂《えんじ》色の絨毯《じゅうたん》が目に映った。

名前でなんて呼べない。目の前の男が、過去に出会った従者の景と地続きには思えないのだ。

幼少期を過ごした家に戻れた事実を嬉しく思う余裕さえなかった。天と地が逆さまになったようで、足元がやけにふわふわする。

放心状態の瑠璃に、景は諦めたようにため息をついた。

「わかった、今は好きに呼ぶといい。それで、実家だったか」

まるで興味なさそうに肩をすくめる。

「誰かから聞いたかもしれないが、俺は羽栖家を出てからは幽世で育った。鬼の一族に拾われたんだ。だから実家なんてものはない。鬼は鬼であって、人間とは違うモノだからな」

右目の青が輝きを増して瑠璃を見据える。

「三年ほど前に、俺は幽世を出て帝都にやって来た。それから適当に潰れかけの商社を買い上げて大きくした。鷲尾の苗字も、その商社の名前を拝借しただけだ。金さえあれば戸籍などはどうにでもなったな。だから安心しろ、俺のために怒鳴り込んでくる養父やら義父やらはいない」

瑠璃の思考を見通したようだった。それを聞いて安心すべきなのか、判断に迷う。自分のために走ってくれる人がいないというのは、本来は寂しいことではないのか。

瑠璃の逡巡《しゅんじゅん》をよそに、景は廊下の方へ向かった。

「そういうわけだから、ここでふたり暮らしだ。といっても、まだ満足に家具も運び入れていないからしばらくは不便だろうが。使用人が要るなら雇えばいい」

「いえ……」

調度を整えるのは瑠璃の役目だろう。掃除は慣れたものだし、わざわざ他人の手を煩わせるのは忍びない。

「それと」

言って、景が立ち止まる。気まずそうに振り向き、ボソリと告げた。

「この屋敷には夫婦の寝室がひとつしかない。俺の言っている意味がわかるか」

瑠璃は床で寝ろということだろう。こくりと頷き、踵を返した。屋根があるなら大事ない。渚に命じられて、雨降る庭の片隅で眠った夜だってあるのだ。

「待て待て待て」

ぐい、と腕を摑まれて足が止まる。瑠璃は不思議に思って景を見上げた。彼は瑠璃よりずいぶん背が高い。瑠璃の発育が悪いことを差し引いても、端正なかんばせが頭ふたつ分は上にある。

「何がわかったのか言葉にしてみろ」

「……旦那様は寝室で、私は床で寝ます」

「何もわかっていないじゃないか」

「申し訳ございません」

瑠璃は反射的に謝罪を述べる。相手が不快そうにしたら一秒でも早く謝る。それが遠野家で身につけた、生き延びるための術だった。

景は渋い顔で呻き、瑠璃の前に、すらりとした指を二本立ててみせる。

「謝罪が欲しいわけじゃない。いいか、選択肢はふたつだ。俺も瑠璃も、同じ寝台でともに眠る。瑠璃が嫌なら俺が床で眠り、瑠璃は寝台で眠る。いずれかを選べ。理解できたか」

瑠璃よりも大柄の男が、腰を屈めてこちらの顔を窺う。妙な気分だった。今日は何だか、ずいぶん前に砕かれたはずの心のありかをずっと問われている。

遠野家の客間では両親のことが関わっていたから、瑠璃も何とか決断できた。

けれど今回は違う。自分の気持ちだけを訊かれている。

そうすると、瑠璃にはどう答えていいのかまるでわからなくなってしまう。

瑠璃は口を閉じ、胸元でぎゅっと手を組み合わせた。心臓がどくどくと音を立てて鳴っている。

とにかく、景を床に寝かせるわけにはいかない。差し出された選択肢とその帰結を幾度か脳裏で辿って、首を横に振った。

「それはどちらだ。嫌だ、という意味なのか、喜んで、なのか」

どちらも違う。嫌ではないが、喜んでというわけでもない。提案に則れば、景に寝台を使ってもらうためには正解はひとつしかないのだから。

「……前者を選びます」

「婚約者同士が、同じ寝台で眠る意味は理解しているな？」

瑠璃はうつろに頷く。自分の命にも体にも大した価値を見出していない。どのように扱われようと構わなかった。痛みや苦痛とは旧知の仲だ。たいがいのことには耐えられる自負がある。

「なるほど、これは手強いな」

景がぼやく。そうっと腕が放された。猫の毛並みでも撫でるような手つきで、皺の寄った袖が整えられる。

その夜は一緒に眠った。

瑠璃は微塵《みじん》も動揺しなかった。揺れる心そのものがなければ、動じることもないのだろう。すべすべした絹の掛布に包まれて、ぼんやり思った。隣に眠る人の体温がやけに低いのが少しだけ気にかかった。

ふたりの間には何もなく、疲れていたのか目を閉じて開けたらすでに朝だった。

朝日を浴びる寝台に、景の姿はなかった。先に出かけたらしかった。

鷲尾商會の商館は、帝都の中心に居を構える煉瓦造りの三階建ての建物である。

あらゆる場所から品々が集められ、またあらゆる場所に運ばれていく。

帝都でも選《よ》りすぐりの、異界の物と金の坩堝《るつぼ》。

それら全てをまとめ上げるのは――。

「あっ、景兄だ！　おっはよーございまーす！」

「景兄と呼ぶな。俺はお前の兄じゃない――八手《やつで》」

商館の三階にある執務室へ出勤した景は、窓辺に立ってすねこすりに餌をやっていた少年を見て思い切り顔をしかめた。

八手と呼ばれたのは、和装の少年だ。すらりとした体躯《たいく》を若草色の着流しに包み、愛らしい顔に満面の笑みを浮かべている。

だが只人ではない証に、その額からは二本の角が生えており、細い瞳孔が目立つ瞳は金色である。

彼は、景を拾った鬼の一族の嫡男だった。見た目は十二、三歳に見えるが、実年齢は百歳を超えている。といっても長命の鬼からすればまだまだ子供に数えられるらしい。

八手は、ものすごく疲れた顔をしている景を見て首を傾げた。

「あれ？　昨日は婚約者を迎えに行ったんですよね？　この可愛い秘書の僕に仕事を押し付けて！」

「秘書はそのためにいるんだろ」

「横暴だー！　僕の仕事は景兄を癒やすことなのに！」

「お前の仕事は俺の補佐だろ」

いずれは一族を背負って立つ器のはずだが、八手は景を追いかけて、商會にもぐりこみ秘書として何やかんや仕事をこなしている。遠い昔、景に霊力比べでぶちのめされて以来、景兄と呼んで憚らない弟分だった。

「それでどうだったんですか？　婚約者の、えっと、瑠璃さんでしたっけ。上手くやっていけそうです？」

「上手く……」

景の脳裏に瑠璃の様子が浮かぶ。痩せぎすな体つき、傷みの目立つ髪、話すことに慣れていないのか、声はか細くほとんど口をきかない。顔からはおよそ表情というものが欠落して、まるで打ち捨てられた人形のよう。

同じ寝台を使うことになっても全く動揺を見せなかった。異性として意識されていないとかいう以前に、彼女はおそらく自分に重きを置いていないのだろう。自分は無価値だから何もされない、と考えているのではない。何かあってもどうでもよい、と決め込んでいるのだ。

苦いものを飲んだような顔つきになった景に、八手は無邪気に問う。

「決めに決めた恰好《かっこう》で求婚しに行って、瑠璃さんの昔のご実家もプレゼントして、完璧だったでしょ？『景さま素敵！ 結婚して！』ってなるものじゃないですか？」

「何だ今の不気味な声は？」

「瑠璃さんってこんな感じの女性じゃないんです？」

「馬鹿にするなよ」

軽く睨むと、八手は「やだなあ」とパチンと片目を瞑ってみせた。鬼のくせに、異国の風習が気に入っているらしい。

「ここまでは前座。遠野家のこと、有能秘書の僕がちゃーんと調べておきましたよ」

それから一転して眉を曇らせ、窺うような上目になる。

「でも、本当に聞きます？ 僕が言うのもなんですけどね。──鬼の所業ですよ、これは」

「聞こう」

瑠璃の過去から逃げるつもりはさらさらない。

彼女が変わってしまったのが事実だとしても、景が瑠璃に向ける気持ちには一片たりとも変わりはなかった。出会ったときから、今まで、一度も。

羽栖瑠璃は景の救いで、目も眩《くら》む光で、たったひとりの大好きな女の子。

やっとの思いで再会したのだ。二度と手放すものか。

そうして語られる瑠璃の過去に、景は顔を歪める。ぎりぎりと噛み締めた奥歯が割れそうだった。腹の底で煮え立つ憎悪が熱い。こんなにも誰かを憎いと思うのは久しぶりだった。

静まり返る執務室に、すねこすりの鳴き声だけが響く。

猫めいた形の異形であるすねこすりは、八手の手から魚の切れ端をもらって満足したように伸びをした。

語り終えた八手が手巾《ハンカチ》で指先を拭いながら、

「どうします？　この遠野という奴原《やつばら》、ぶん殴っておきます？」

「……そうしてやりたいが、今ではない」

どうにかこうにか憎しみを飲み下す。まずは瑠璃の傷を癒やす方が先決だ。

遠野家の去就を決めてやるのは、それからでも遅くはない。

すねこすりが床にできた陽だまりでまどろみ始めた。八手がそのふかふかの毛並みを撫でてやる。

「景兄がそう言うなら従いますけどね。で、瑠璃さんはどんな女性だったんです？　可愛いですか？」

「ものすごく可愛い」

「え、僕とどっちが可愛いですか？」

「瑠璃に決まっている」

「そんなあ」

八手の手からすねこすりが抜け出る。機嫌良さげに鳴いて八手の脛に身を擦り付けたかと思うと、トテトテとやって来て、いかにもついでという感じで景の足元にもまとわりついて執務室から出て行った。すねこすりの名が泣く適当さだった。このままだとただのデブ猫になりそうだ。

八手は微笑んだ。

「それなら良かったですね。八年も探していましたもんね。人間の八年って長いんじゃないですか？」

「……そうだな」

この八年、決して短くはなかった。根比べには自信がある。この先、瑠璃が笑えるようになるまで何年かかろうとも、今までに比べたら大した長さではない。とにかく彼女がそばにいるなら何だっていい。

ぐっと拳を握りしめる景に、八手がにこにこと言う。

「ま、鬼の僕からしたら大した年月でもないのかな？と思いますけど」

「……お前な」

鬼特有の酷薄さにため息をつき、景は窓の外を眺めた。それから商會の長の顔になって命じる。

「これから海が荒れて港に幽世の舟幽霊が流れつく。救助が必要になる。天狗の団扇《うちわ》を用意しておけ」

八手も景色を見つめた。空は快晴。眼下に広がる帝都の街並みは賑《にぎ》やかで、屋根瓦は日光を弾いて輝く。遥《はる》か向こうに見晴らす水平線には波もない。

だが八手は少しも疑わず、サッと頷いた。

「りょーかいです。その右目、便利ですよねえ。未来も見れちゃうなんて」

窓辺に立つ景の右目には、神秘の青い光が瞬いている。

「瑠璃さんを探していたのも、その未来視が理由なんでしょう？」

景は外を見つめたまま、無言で腕を組んだ。八手は構わず、のんびりした調子で続ける。

「そのことを、彼女はご存知なんです？　言った方がいいんじゃないですか。瑠璃さんはいつか景兄を——」

「俺が瑠璃を選んだのは、未来視だけが理由じゃない」

きっぱりした景の言葉に、八手は肩をすくめて軽やかに笑った。

「愛とか恋とかの話はやめてくださいね。鬼にはわからないので！」

■第二章

景《けい》と婚約してからの日々は、穏やかに過ぎていった。

景が不在の間、瑠璃《るり》は屋敷の掃除をしたり料理をしたりして過ごす。この屋敷にも結界は張られていて、ひとりでは外出するなと言い含められていたのでその通りにしている。食料などは近隣の八百屋や魚屋が直接売りに来てくれるので不自由なかった。

「──ただいま戻った。俺の不在の間、何か困ったことはなかったか？」

「おかえりなさいませ。特に大事ありませんでした、旦那様」

厨で夕餉の支度をしていた瑠璃は、背後から聞こえた声に慌てて振り返った。

婚約者としては玄関ホールで迎えるべきだと思うのだが、景は必ず瑠璃のもとへやって来る。

何度か景より先んじようと挑戦したが、いずれも失敗に終わった。瑠璃が鈍臭いのかもしれないが、景はかなり足音を殺し、気配なく帰宅する。

まるで、瑠璃に気づかれまいとしているように。

包丁を置いてあたふたと出迎えようとすると、景は鷹揚に笑って手を振った。

「気にしなくていい。料理を続けてくれ。今日は鰆《さわら》か」

「は、はい。魚屋さんが、おすすめだと言って、持ってきてくださったものです」

きちんと説明できた、と瑠璃はこっそり胸を撫で下ろす。あまり会話は得意ではなかったが、景相手ならだいぶすらすら話せるようになっていた。彼は話している途中で遮ったり、もういい、と冷たく切り捨てたりすることがないからだろう。瑠璃の目を見て、拙い話を最後まで聞いてくれる。

「美味しそうだ。楽しみだな」

今も瑠璃の背後から手元を覗き込み、楽しげに視線を横顔に注いでくる。妙に距離が近い。

そうして完成した料理を食堂に運び、テーブルに向かい合って食事が始まった。

特に豪勢な料理が作れるわけでもないので、筍《たけのこ》ご飯、鰆の牛酪《バター》醤油《じょうゆ》焼き、ふきの味噌《みそ》あえ、蛤《はまぐり》の潮汁《うしおじる》と地味な献立だ。遠野《とおの》家で出せば、渚《なぎさ》あたりに嫌味のひとつでもぶつけられたに違いない。

しかも漆仕上げの上等な器に盛られると、瑠璃の手料理の不出来さが際立つ。それでも景はいつも美味しそうに食べてくれるのが救いだった。

「ところで、瑠璃はその絣が気に入っているのか？」

黙々と箸を進めていた瑠璃は、投げられた問いに首を傾げる。意図がわからなかった。瑠璃は遠野家から何も持ち出さなかったので、八百屋のおかみさんから安く譲ってもらった絣二着を着回している。とはいえ、遠野家で着ていたものよりはずいぶんマシだった。

景は筍ご飯をもぐもぐと食べ終えてから、

「俺は衣装部屋にひと通りの服を揃えておいたつもりだったから。……気づいていたか？」

これには頷く。屋敷を掃除して回っている間、衣装部屋にいつの間にか女性ものの服が和洋問わず揃っているのを発見して、傷んではと大変だ、とときどき風を入れていた。

「あれは瑠璃のために用意したものだ。これには気づいていたか？」

今度は首を横に振る。全く思いもよらなかった。どれも百貨店のショーウィンドウに並ぶような服ばかりで、商會で取り扱う商品なのかと考えていた。

景はなぜか言いにくそうに目を伏せる。

「瑠璃があれを着てくれると、俺としては嬉しいんだが」

（……なぜ？）

疑念が面に現れていたのだろう。景は生真面目な顔つきになって箸を置いた。左右で色の異なる目が、まっすぐに瑠璃を射貫く。

「きっと可愛いと思うから」

眼差しの鋭さに、瑠璃は思わずたじろいだ。胸の辺りで鰆が詰まった感じがする。あるいは喉に小骨が刺さったのかもしれない。

（……可愛い、とはとうてい思えないけれど……旦那様が喜ぶなら、着た方がいい、かしら）

ほうじ茶を飲みながら、そういえば、と思いつく。

衣装部屋には夜着もあった。ならば今晩からは、あれを着よう。

そんなふうに素直に依頼を実行して訪れた寝室で、瑠璃は珍しく狼狽《うろた》える景と対面した。

「な、何……えっ？」

景は寝台にもたれて、洋燈《ランプ》の光を頼りに本を読んでいるところだった。それが瑠璃を見たとたんに本を取り落とし、口元を片手で覆って愕然《がくぜん》としている。

芳しくない反応に、瑠璃も入り口で棒立ちになる。明らかに喜んでいるふうではない。

どうやら彼の期待に添えなかったようだ。

「……その、ご用意いただいた服を……着てみたのですが……」

一応言ってみる。景は身じろぎもせず、食い入るように瑠璃を見つめている。

(やはり私には似合わなかったみたいだわ)

瑠璃は納得して、自分の体を見下ろした。用意されていたのは、白絹に繊細なレースで縁取られた、ワンピース型の夜着だった。滑らかな肌触りが心地よい。しかし御伽話《おとぎばなし》のお姫様が着るような意匠は、渚のようなご令嬢のためのもので、瑠璃には分不相応だ。景の頼みとはいえ、醜いものをお見せして申し訳なくなってくる。

「……お見苦しいものを、失礼いたしました。いつもの服に着替えてまいります」

「は？　待ってくれ」

踵を返すと同時、景が一足飛びにすっ飛んできて、瑠璃の腕を摑んだ。ひどく焦ったような顔で瑠璃を寝室に引き込む。勢いのまま猫脚の椅子に座らせて、自分は跪《ひざまず》いて瑠璃を見上げるようにした。

そばの洋燈が、景の顔を照らす。光の加減だろうか、目元の辺りが赤く染まっている気がした。

「気の利いたことを言えずにすまなかった。その……可愛すぎてびっくりしていた」

「いいえ、無理にお気遣いいただかなくとも……ちゃんと着替えて参りますので……」

「嫌だ、絶対にこの服でいてくれ」

「えっと……では、そういたします……」

瑠璃の肯定に、景は顔つきを緩めた。両目がきらきら輝いている。瑠璃も真剣に表情を観察したが、嘘ではなさそうだった。

（……もしくは、私の願望がそう見せているのかもしれないわ）

せっかくだから景に喜んでもらいたいのは本当だった。瑠璃を遠野家から救い出してくれた人なのだ。ほんの少しでも恩返しをしたい。

洋燈を消し、ふたりは寝台に横になる。なぜか一向に寝台が手配されないので、今日も今日とて隣同士だ。

「瑠璃」

瞼を閉ざしたところで、横から声が聞こえた。ぱたりと目を開ける。そっと横向くと、こちらを見つめる景と目が合った。

寝室は闇に沈み、窓から差す淡い月影だけがほのかに彼を照らしている。形の良い唇がわずかに震え、躊躇うように一度閉じ、再び薄く開かれるのが見えた。

「抱きしめてもいいか」

低く掠れた声は闇夜を震わせる。景の面持ちに冗談は微塵も含まれていない。

瑠璃はぽかんと目を丸くし、景を見つめ返した。

「ど、どうぞ……？」

急にどうしたのだろうかと不審に思うものの、瑠璃に拒否という概念はない。小さく頷いてだらりと体の力を抜いた。

景が身じろいで瑠璃に腕を伸ばす。ぐいと引き寄せ、頭を抱え込むようにした。

ちょうど景の胸元に耳があたって鼓動の音が伝わってくる。瑠璃とは違う、強い音。少し早い。

大きな手のひらが背を撫で、満たされたような吐息がつむじに触れる。

（……ああ、夜着の絹の手触りがいいから……？）

景の体がやたら冷たくて、瑠璃まで震えた。

「あの、旦那様、少々よろしいですか」

景がぎょっと肩をこわばらせる。わずかに身を離し、思案顔で訊ねた。

「悪い、嫌だったか」

「そうではなく……」

一生懸命手を伸ばして、瑠璃は掛布を引き上げる。景が肩まで掛布に覆われたのを確認し、ほっと安堵《あんど》の息をついた。

「春先とはいえ、朝晩は冷え込みますから。お風邪を召されてはいけません」

景は呆然としたように瑠璃を凝視していた。注がれる視線を感じながら目を閉じる。瞼《まぶた》の作った暗闇の中、ぎゅっとかき抱かれる感覚だけがあった。体温が移ったのか、景の体もだんだん温もっていく。瑠璃は心地よい温もりに包まれ、眠りに落ちていった。

今日に至るまで、小さな違和感はいくつもあった。けれど瑠璃は目をそらした。

それでもいいと思っていた。どんな嘘をつかれていようと、偽りがあろうと隠し事があろうと。暴力のない、穏やかな日々を望んでしまった。

どうして景がここまで瑠璃を大切に扱うのか。忠義心、政略結婚、それで結構。

――世の中にそんな都合のいい話があるはずないのに。

夜更けに瑠璃は目を覚ました。何だか喉が渇いていた。まだ景の腕の中にいた。

厨へ行って水でも飲もうと、そっと腕を外して上半身を起こす。景を起こさないよう、慎重に。

月光を受ける景の顔を見つめる。なるほど綺麗な顔立ちで、やはり昔の従者とは思えない。だがあの瞳が瞼に閉ざされていると、どこか面影があるような気もした。白状すれば、瑠璃が寝室を訪れたときに見せた顔は、確かに昔の景に近かった。

ふと、掛布が少し乱れているのに気がついた。

瑠璃はそろりと、掛布を直そうと手を伸ばして——。

突然、視界がひっくり返った。気づけば他ならぬ景の手によって寝台に押さえつけられていた。

「……今、俺に何をするつもりだった」

詰問の声はおどろおどろしく響く。こちらを見下ろす双眸《そうぼう》は冷然としていて、容赦なく心臓を刺し貫くようだった。

瑠璃は目を見開くばかりでものも言えない。震えが足元から這い上がり、呼吸が浅くなる。息苦しくて視界が明滅した。

いつもなら穏やかに待ってくれるはずの景が「言え」と冷ややかに脅す。指先ひとつ動かせなかった。

「……あ、あ、あの」

瑠璃の両手は頭上でひとまとめに拘束されていた。軽々と手首を押さえる、景の手は氷のように冷たい。瑠璃はせわしく瞬き、つっかえつっかえ、言葉を紡いだ。

「……だ、旦那様の、掛布が、乱れており、ましたので」

「掛布？」

景がちらりと目をやる。掛布は床に落ちてぐちゃぐちゃに丸まっている。もはや瑠璃の言葉が真実だと証明する名残はない。

「……か、風邪を引いては、大変だと、思って……」

我ながら言い訳めいている。だが事実そうだったのだから仕方がない。

景はしばらくの間、がたがた震える瑠璃と掛布を見比べていた。

沈黙は鉛より重い。瑠璃は目を閉じ、ぎゅっと唇を引き結んで涙を堪えていた。

やがて、景が深々と嘆息した。

「悪い、怖がらせたな」

「え……？」

静かに手首が解放される。ぎこちない動きで景が瑠璃の上から退く。月光に浮かび上がる景の表情は苦しげで、けれど先ほどまでの冷淡さは影を潜めていた。

景は掛布を拾い上げ、またぽすんと横になった。

「手首は痛くないか？」

「へ、平気ですが……」

「見せてみろ」

そろそろと右手を差し出す。手首には赤く指の痕が残っていたがすぐに消えるだろう。

それなのに、景はまた「すまない、傷つけてしまった」と目を伏せた。

「私は……よいのですが。その、今のは……」

瑠璃の問いに、景はじっと天井を見つめた。そうすると、瑠璃の方からは左目しか見えなくなる。

景が口を開くまで、瑠璃はその横顔を眺めていた。このまま夜を明かしても一向に構わなかった。

「……俺の右目について、説明をしていなかったな」

落とされた声は雨垂れのようだった。ぽつん、ぽつん、と地を打って、いずれは流れて消えていく。

瑠璃もひっそりと言葉を返す。

「拾われたという、鬼の一族とは関係ないのですか？」

「ない。これは……気づけばこうなっていた。実は、羽栖《はすみ》家が妖の襲撃に遭ってから、鬼の屋敷の門前で拾われるまでの記憶がほとんどないんだ。ただ、拾われたときにはすでにこの目が嵌《は》まっていた。それだけは確実だ」

「その右目は、一体どういうものなのですか？　私の知る限り、旦那様の目は……」

口ごもる瑠璃に、景が淡く笑う。

「そうだ。瑠璃を庇《かば》って失った。……そんな顔をするな、俺はあの選択を一度だって後悔したことはない」

どういう顔だというのだろう。瑠璃の頰を指で軽く撫でて、景は話を続けた。

「どうやらこの目は、幽世の深奥《しんおう》と繫がっているらしい。幽世の霊力は、常世にとっては毒だ。性質が違いすぎるし、濃度が濃すぎるからな。だが俺の右目はそれをそのままに常世に干渉できる。人間に向ければ狂わせることができるし、妖相手なら祓ってみせるのもお手のもの。その上、文字通り何でも視られるんだ。……未来もな」

瑠璃は息を吞み込んだ。明らかに異界の輝きを宿しているとは思っていたが、そこまで異形のものとは想像もしていなかった。

「商會を大きくするのにも、この力を利用した。……がっかりしたか？」

「狂わせたり、祓ったり……？」

「未来視の方だ」

「あ、ああ……なるほど」

一瞬、力を盾に相手を脅しすかして裏社会をのし上がったのかと思ったが、そういう話ではなかったらしい。

「未来が見えたら、確かに商いの上では有利かもしれません。ですが……商會を営むとは、それだけで万事上手くいくほど、単純な話ではないのでは？」

求心力とか、経営力とか、そういうものも必要だろう。瑠璃が応じると、景の口元に笑みが滲んだ。

「話を戻そう。俺の未来視は、好きなときに好きなものを見られるわけではない。断片的で、そのときになって初めて意味のわかるものもある。卜占《ぼくせん》みたいなものだな。だが、ひとつだけ――繰り返し視る未来があった」

瑠璃はごくりと唾を飲み込む。景が大きく息を吸った。

「それが、瑠璃だよ」

「え……？」

恋人を撫でるような柔らかな口調で、いっそ愛おしげに、景は言う。

「瑠璃が、俺を殺す未来だ」

「な……っ」

告げられた言葉に、思わず絶句する。胸がすーっと冷えていった。枕に乗せた頭がずんと重くなる。

そんなことをするはずがない、と訴えたいのに、舌がもつれて動かない。

景は微笑みを口元に湛《たた》え、甘い声で続ける。

「場所も時間も不明だが、俺はあらゆる方法で瑠璃に殺される」

「ど、どうして……」

「さあな。俺は映像として未来を視るだけだから、理由まではわからない」

「……だから、私と婚約したのですか？」

肋骨の内側で心臓が暴れ始めた。口の中がカラカラに干からびて、目眩がする。

「それもある」

嘘をつかないのは誠実だと思った。

「で、ですが、婚約なんてしなければ、私はきっと旦那様と再会することはありませんでした。遠野家から出ることもなく……」

「そうか？　例えば、俺が遠野邸に招かれたとしよう。そのときに遠野家の人間に命じられれば、瑠璃は俺の茶に毒を入れるんじゃないか」

「そんなことは……」

ないとは言い切れない。瑠璃は渚や浜子《はまこ》の言いなりだったから、毒だと知らされずに客人の茶に何かを入れろと言われたら、やっていた可能性はある。

そうしていざ景が死んだら、遠野家の人々は瑠璃を犯人だと名指ししただろう。彼女たちに景を殺《あや》める理由があるかは別として、十分あり得る未来だった。

「それは避けようがないのですか？」

「いや。俺の眼は確定した事実を視るわけじゃない。起こり得る可能性の中から確度の高いものを断片的に観測するだけだ。例えば賽子《さいころ》を振って『六』の日が出た未来を視たとしよう。だがその時点で俺が賽子に細工をしてしまえば、別の目が出る。未来には介入が可能というわけだ」

「……では、最も起こる可能性の高い未来はどのようなものなのですか？」

密やかな問いに、景は目を伏せた。考える時間を探すように、瑠璃の髪を自らの指にくるくる巻きつけ弄《もてあそ》ぶ。遠野家では傷んで千切れやすくなっていた髪は、今では十分な栄養と日々の手入れによって絹糸のような艶やかさを取り戻していた。

「最も確度が高いのは……」

景がぱっと髪を離し、仰向けになって天井を睨みつける。

「俺が、瑠璃に銃で撃たれるという未来だ」

瑠璃は微かに顎を引いた。銃。そんなもの見たことも手にしたこともない。けれどいつかの未来で、瑠璃はその銃口を景に向けて引き金を引くのだろう。

「そんな危険な存在は、手元に置いた方が、行動を監視できて安全ということですね……」

景は答えない。

重い沈黙に構わず、瑠璃はくらくらし始めた頭を押さえて話を継いだ。

「なら、寝台がいつまでも届かないのも、出迎えをさせないのも、料理する私をやけに眺めていたのも、全部、不審な動きがないか見張るためで……そういえば、お屋敷にいるときはだいたい私のそばにいましたし……何か距離も近かったですし……」

「いやそれは……えっ、そんなふうに思っていたのか？　嫌だったか？」

「そんなことはどうでも良いのですが……」

「どうでも良くないからはっきり言ってくれ。瑠璃が嫌なら改めるから」

「い、今考え中なので、少しだけ、黙っていていただいてよろしいですか？」

瑠璃はうーんと唸って、ひとつの考えに思い至った。

「その、こんなことはあまり言いたくないのですが……」

「……何だ？」

拗《す》ねたような景の口ぶりを気にせず、瑠璃は言った。

「今のうちに、私を始末した方がよろしいのではないですか？」

静寂が寝室を満たす。窓の外、庭木のさざめく音さえ聞こえない。景が勢いよく瑠璃の方を向いた。見開かれた双眸が、瑠璃の息遣いさえ見逃すまいとするように底光る。

「そうすれば、旦那様の安全は守られますから。いかがでしょうか？」

我ながら良い考えだと思った。危険が見えているのなら、先回りして原因を取り払ってしまえばいい。賽子に細工をするなど回りくどい。そもそも賽子自体を破壊してしまえばいいのだ。

死者は常世に現れない。瑠璃が死んでしまえば、景の命は守られる。

その方がずっといい。

肌に触れる空気が重くのしかかってくるようだった。けれど瑠璃は、揺らぎなく景を見つめ続けた。

ほどなくして、景がゆっくりと口を開いた。

「……正気で、本気で、言ってるんだな？」

「はい」

「……俺に、瑠璃を、殺せと？」

確かめるような言い方に瑠璃はハッとする。未来で殺される前に攻撃しました、正当防衛です、なんて主張しても警官には通らない。

「直接手を下すと、その、足がつくので。ご命令いただければと」

「……何を」

「川に身投げしろとか……包丁で喉を刺せとか……。そうしたら、私は仰る通りにいたしますから」

死に方はいくつでも思い浮かべられる。指折り数えれば、景の表情がくしゃりと歪んだ。

「瑠璃お嬢さんに？　やっと会えたのに？　どうしてそんな残酷なことが言えるんだ」

泣き笑いみたいな顔になって、景が呟く。まるで昔に戻ったみたいな物言いに、瑠璃の胸が痛んだ。励ましたくてわざと明るく言ってみる。

「悲しくなんてありませんよ。瑠璃お嬢さんなんて、もうどこにもいないのですから」

言葉にすると、事実は形を持ってすっと胸に染み込んできた。『瑠璃お嬢さん』はもういない。その通りだ。

遠野家で虐げられて、尊厳を奪われて、瑠璃は何もかも破壊された。今ここにいるのは、羽栖瑠璃のふりをする影法師だった。もし今の瑠璃があの境内で景と出会ったとしても、彼を拾ったかはわからない。

それでも最後に残ったものがある。たぶん誇りというもの。

せめて自分を助けてくれた景に報いたい。自分の命で彼の命を守れるならそれでいい。そんな最期《さいご》なら、価値のない自分の命にも意味がある。そう思える。

景は右手で目元を覆った。深く息を吸い、吐き出す。次に顔を見せたときには、冷静さを取り戻していた。鋭く瑠璃を睨み据え、

「怖くないのか」

「はい。ちっとも」

瑠璃は微笑んで瞼を閉ざす。何もかもを受け入れる気持ちで、寝台の上に仰向けになった。

「死んだとしても、幽世で両親と再会できますから」

胸元で手を組み合わせる。異国の祈りの形だった。景を守るためだったと言えば、両親

も褒めてくれるだろう。想像するといっそ楽しみになってきた。

それがたったひとつの瑠璃の希望だった。

生まれた者は必ず死ぬ。

いつか必ず訪れるそのときに、ふたりの娘として、恥じない振る舞いをしたい。

瑠璃にはそれだけだった。

それだけで、ずっと、生きてきたのだ。

近くで景が身を起こす気配がした。首に指が触れる。木枯らしに吹かれていたみたいに冷たい。小刻みに震えているのが伝わってくる。

長い間があった。

外で風が吹いたのか、窓枠がガタリと音を立てる。

さすがに遅くないかと目をうっすら開きかけたとき、口を柔らかなもので塞《ふさ》がれた。

初めて知る感触だった。

窒息させるつもりだわ、と安心して身を委ねる。片手が頬を包み、ぐっと上向かされる。後頭部に手のひらが滑り、うなじを辿り、首元にわだかまる髪を払いのける。そうせずにはいられない、とでもいうような熱っぽさだった。

(……何だか、変ね?)

微妙に息苦しいのだけれど、窒息するほどではない。自分の命が懸かっているというのに、真面目にやる気があるのかこの人は。

角度を変えて、何度も口を塞がれる。そこで気がついた。鼻を覆われていないので呼吸ができているのだ。これでは何も意味がない。この大発見を知らせようと景の背に手を回したとき。

「……んっ」

唇を軽く食《は》まれ、思わず声をあげてしまった。とたん、弾かれたように気配が離れていく。

おずおずと瞼を上げる。目が潤んで辺りがぼやけていた。何度か瞬いて、明瞭な視界に景を映す。

彼は瑠璃に覆い被さり、固く歯を食いしばっていた。息が荒い。視線は寝台の飾り板を睨みつけているようで、瑠璃とは目も合わない。敷布を強く握りしめるせいで、皺が寄ってしまっていた。

瑠璃は唇を撫でて、少しばかり乱れた呼吸を整える。

――生きている。

（今のは……何？）

景は深呼吸を繰り返し、かすかに呻いて片手で髪をぐしゃぐしゃにかき混ぜていた。

怒っているような、悲しんでいるような。今しも大きな手に引き裂かれている真っ最中のように見えて、瑠璃はとっさに呼びかける。

「旦那様……？　どうされたのですか？」

「……瑠璃は今、自分が何をされたか理解しているのか」

「私を窒息させようとなさったのでしょう。心得ております」

「違う。違うが……だとしたら、そんな男を前にしてどうしてそんなに平然としていられるんだ」

「私は死んでも構いませんから」

「やめろ」

景が完全に表情の抜け落ちた顔で瑠璃を見下ろす。二の腕にざわりと鳥肌が立って、瑠璃は小さく身をすくませた。

「死んでもいいなんて、二度と言うな」

瑠璃は眉を下げる。でもこのままでは、景は瑠璃に殺されてしまう。

景は親指で瑠璃の唇を拭うとドサリと隣に横になった。反対側を向いていて、彼の表情は窺えない。

「あの……」

片腕が動き、乱暴な手つきで掛布を引き上げる。瑠璃も温もりに包まれた。

「今は話しかけるな。何をしでかすかわからない」

冷たい声で、とりつく島もない。

(何をされても構わないのに……)

だが、話しかけるなと言われた以上は黙るしかできない。

頑《かたく》なに向けられた景の背中を見て、瑠璃はしょんぼりと息を吐く。

大失敗をしたのだけは理解できた。


翌日から、屋敷に流れる空気は緊張感をはらんだものになった。

食事は一緒に摂るものの、ふたりの間に会話はなく、景は瑠璃から一定の距離を取る。ときどき視線を感じて振り向くとすでに姿を消した後、ということが何度もあった。その割に寝台が一緒なのも不可解だった。

(どうしたらいいのかしら……)

気まずくなって十日ほどが経った日の昼下がり。瑠璃は屋敷の庭に出て、花壇の水やりに精を出していた。

花壇はまださささやかなものだった。凛とした白い水仙や淡い青色の勿忘草《わすれなぐさ》が風に揺れる。

綿雲の浮かんだ空からはぽかぽかの日光が注がれ、少し動けば汗ばむ陽気だ。

今日は休暇のはずなのに、景は家にいない。朝早くに出かけていった。おそらく瑠璃と一緒の空気を吸いたくないのだろう。もっと気心の知れた友人や、あるいは親しい女性に会いに行ったのかもしれない。

瑠璃はうつむき、如雨露《じょうろ》のとば口にかかる小さな虹を眺める。

――ここから一歩、外に出れば。

花壇が小さいのであっという間に水やりは終わってしまう。如雨露を片付けた後は、敷石に沿って庭を散歩することにした。つま先はいつしか、門へと向かっていた。

――瑠璃はきっと妖に襲われる。

瑠璃が景を守ろうとすれば、それが一番確実なはずだった。この屋敷で安穏としていたって状況は好転しない。

それなのに、あの夜の景の苦しげな顔や、頑なな背中が眼裏に浮かんで離れない。

(旦那様のお望みは、何……?)

屋敷を囲む、煉瓦塀のそばで立ち止まる。赤煉瓦を積み上げて造られた塀は瑠璃よりも背が高く、日差しを遮ってくれる。塀を這《は》う蔦《つた》の緑が鮮やかだ。

門扉はもうすぐそこだった。

幼いときに両親や景と何度もくぐった、優雅なつる草模様を描く鉄扉。あの頃は何をしようと、こんな迷いに陥らなかった。

(『瑠璃お嬢さん』なら、きっと旦那様を不快にさせないのに……)

胸元でぎゅっと両手を握りしめる。そのとき塀の向こうから小さな悲鳴が聞こえてきて、瑠璃はハッと身を固くした。

「い、今のは……？」

塀に体を寄せ、息を殺して様子を窺う。だがそれきり何も聞こえない。羽栖邸は閑静な区画に建てられているから、人々の話し声や、馬車の車輪の音とも縁遠い。

「……勘違い、だったのかしら……？」

とはいえ悲鳴を聞いて放っておくのも寝覚めが悪い。瑠璃はそろりと門扉へ近づいた。屋敷の前の道を確認するくらいなら、大丈夫だろう。

わずかに押し開いた扉の隙間から顔だけ出して、ああっと声が上がった。日盛りの道の上に、小さな男の子が倒れていた。

一見してただの人間ではない。うつ伏せになった背中からは漆黒の羽根が生えている。黒い水干《すいかん》のような服を着ていて、そばに転がる高下駄の歯は一本。

そして何より、その体から流れ出る液体が辺りを朱殷に染めている。――妖の、血の色に。

「あ、あっ、あの……っ」

呼びかけてみるが、子供はぴくりとも動かない。意識がないのだろう。投げ出された手足は血を失って土気色をしている。

どうしたら、と瑠璃は屋敷を振り仰ぐ。敷地には妖除けの結界が張ってある。だが中の人間が招いた者には結界は効かないはず。子供を屋敷で手入れすることは可能だろう。しかし子供は屋敷の外にいるのだ。あの子を引き入れるためには、瑠璃が結界の外に出なくてはならない。

「どうしよう……どうすれば」

震える唇からは弱々しい呻きが溢《あふ》れた。これは罠《わな》かもしれない。結界から出た瞬間襲われるのかも。今まで遭遇した妖を思い浮かべ、すくむ瑠璃の耳元で甘い囁きが響く。妖に襲われたって本望のはずだ。景だって守れる。けれどそう囁くそばから、別の声が途方に暮れたように告げる。そうなったら彼は悲しむのではないか？

思考はめまぐるしく駆け巡る。目の前がちかちか瞬いて、足から力が抜けていく。鉄扉にすがってもう一度子供を見たとき、瑠璃は気づいた。

——こうしている間にも、血が流れている。

ひとつ息を吐くたび、朱殷の汚れが大きくなっていく。明らかに本気の怪我だった。あの子供は傷ついて弱っているのだ。助けさえ求められず、今も確実に、着実に、死の淵《ふち》へ近づいている。

その前で、瑠璃の逡巡なんて関係あるものか。

「だ、大丈夫ですか……っ、今、助けますから！」

自分に鞭打つように叫んで、瑠璃は屋敷の——結界の外へ飛び出した。

何の変哲もない、例えようもなくごく当たり前の一歩だった。素早く周囲に視線を巡らせ、襲撃の気配がないと確認してから子供の横に膝をつく。

「しっかりしてください……っ」

血に塗れた体をそっと仰向けにする。そのまま抱き上げようとして、瑠璃は尻もちをついた。見た目の割に異様に重い。妖だからだろうか。手押し車を持ってこよう、と立ち上がったとき。

ぞわり、とうなじの産毛が逆立つような感覚があった。

間髪入れずに振り返る。陽炎の揺らぐ道の先に、背の高い男が立っていた。

男は銀鼠《ぎんねず》色の着流しをまとい、長い銀髪を括《くく》りもせずに背中に流している。そのうえ頭からは黄金色の獣耳、背後にはいくつもの尾が生える、異形の風貌だった。

（あれは……狐だ）

妖狐は瑠璃たちに視線をくれて、ゆったりとした足取りで近づいてくる。

思わず子供の前に立ち塞がれば、妖狐は麗しい微笑みを浮かべた。

「その烏天狗を助けるのかい」

白練の絹を撫でるような、艶やかな声だった。瑠璃は警戒を解かずに頷く。

しかし妖狐は気分を害したふうでもなく、おおらかに言う。

「なら、門まで運ぶのを手伝おうか」

「え……」

思いもよらぬ提案に瑠璃は狼狽える。その間にも妖狐は子供の両足を摑み「ほら、頭の方を持ちなよ」と顎で指し示す。

「あの、あなたは……」

慌てて子供の両脇に腕を挟む瑠璃に、妖狐は朗らかに笑った。

「ぼくは通りすがりの妖狐だよ。名乗るほどの者じゃない」

「ですが、手伝っていただいておりますし、何かお礼を……」

「そう? ではお言葉に甘えようかな。実は昼食を食べ損なってしまってね。もしよければ何か欲しいんだけど」

「それくらい、お安い御用です。何がよろしいですか?」

厨で何かしら作れるだろう。妖狐とともに子供を門前まで運び終えた瑠璃が聞くと、彼は笑みを崩さぬまま言った。

「ぼくは美食家でね。人間の食べ物はあまり受け付けないんだ。鼠の丸焼きがいいな」

「ね、鼠ですか……」

羽栖邸に鼠はいない。それに類する小動物もいない。瑠璃が困り果てていると、妖狐がぐっと顔を近寄せてきた。

腰を屈《かが》め、瑠璃の瞳を覗いて囁く。長い銀髪がさらりと落ちて、瑠璃の頬に触れた。

「無理なら、君の血肉でもいいよ。ずいぶん美味しそうだ」

次の瞬間、瑠璃は後ろに飛びすさっていた。鉄扉を無理やり体で押して、屋敷の内側に倒れ込む。強《したた》かに背中をぶつけたが痛みに構っている余裕はなかった。

「な……な、な」

地面に手をつき反動で跳ね起きる。思い切り睨みつけた先、妖狐がぶっと噴き出した。

くっくと肩を揺らして笑いながら、懐手する。

「なんてね、冗談だよ。これくらいのことで対価をもらうほどさもしくはないさ。ほら、早く烏天狗を屋敷に運んでやるといい」

「は、は、はい……？」

妖狐は未練もなさそうに踵を返す。歩き去っていく背中では、何本もの尾がふわふわと揺れていた。

瑠璃は呆然と見送っていたが、すぐに怪我人がいるのだと思い出す。急いで手押し車を持ってきて、子供を近くの東屋《あずまや》に運んだ。

長椅子に寝かせた子供は、少しだが呼吸が落ち着いたようだった。

とりあえず傷口を手巾で押さえてみる。白の手巾はみるみるうちに朱殷に染まっていき、一向に血の止まる様子はない。

「だめだわ……やはり、お医者様にお診せしないと」

人間の医者でいいのかは不明だが、とにかく連絡してみるしかないだろう。屋敷から架電しようと立ち上がりかけたとき。

ガシッと手首を掴まれた。傷口を押さえる方の手だ。

見れば子供の目がうっすら開いて、黒曜石みたいな瞳が瑠璃を捉えている。血の気の失せた唇が、苦しげに言葉を紡いだ。

「……我は、一体どうしたのだ」

「め、目が覚めましたか」

瑠璃はほっとして子供に頷きかけた。

「仔細《しさい》はわかりませんが、我が家の門前に大怪我を負って倒れていたのです。今、お医者様を呼びますから、しっかりしてくださいね」

「大怪我……？」

子供が自らの腹部を見下ろす。それから、ふんと鼻を鳴らした。

「この程度、怪我のうちにも入らぬ。我が名は雀千代《すずちよ》、偉大なる烏天狗ぞ」

「は、はあ」

権高に言われても、瑠璃は曖昧に頷くしかない。血はだらだらと流れ続けて、長椅子から床に滴り落ちている。

「とても、そうは見えない、のですが」

「放っておけば塞がる。妖とはそういうものだ。人間風情の手は借りぬ」

「ああっ、動くと余計に傷口が広がってしまいます」

瑠璃を突き放して起き上がろうとした烏天狗――雀千代が、顔面から床に落下した。

「雀千代……さん、大丈夫ですか⁉」

「ふん、大事ないわ」

床に突っ込んだ姿勢のまま、声だけは尊大に雀千代が言う。本当か？と疑っていると、やがて彼は腹を押さえ、よろよろと顔を上げた。

「くそう……我は、我はいずれ大天狗になる妖なのだぞ」

「そ、そうなのですか。あの、痛くないですか？」

「何のこれしき、痛いものか」

雀千代の息は荒い。拳を床に打ち付けて立ち上がろうとするが、血で滑って上手くいかず、またもやべしゃりと突っ伏する。「……くぅ」と実に悔しげな呻き声が聞こえてきた。

細い肩が震え、ひっく、としゃくり上げるそうになるのを、嗚咽《おえつ》を聞かせまいとするように必死で深呼吸して抑え込んでいる。

けれどたぶん、静かに泣く方法なら瑠璃に一日の長があった。

「……あの、泣き声を抑えたいなら、息を吸うよりも、口を開けるといいですよ」

「……は」

何か言い返そうとしたのだろう。結果として口が開いて、効用に気づいたらしい。先ほどよりもずいぶん雀千代の泣き声が小さくなった。

これは瑠璃が遠野家で身につけた技だった。渚に折檻された夜、泣いているとうるさがられて庭に放り出されたのだ。静かになるまで屋敷には入れないと言い渡されて編み出した。真冬の冷たい夜だった。涙が凍りつく感覚をまだ覚えている。

だから、なのか。静かになった雀千代を見て、氷の針で貫かれたように心臓が痛くなった。

小刻みに揺れる背中をそっと撫でる。

「それでも、痛いなら、痛いと言っていいと思いますよ」

見知らぬ妖に声をかけるのは慣れない。

だから視線を遠くへやって、いつか真冬の庭に置き去りにされた、自分自身に語るように呟いた。

「怪我をしたら、痛いのは当たり前です。痛いと泣いたって、あなたを責める者はここにはいませんから」

言葉にしてから、はっと口をつぐむ。この気位の高そうな妖にこんな生意気なことを言って、不愉快にさせてしまうのではないかと心配になった。

だが雀千代は何も言わなかった。瑠璃の手のひらの下、背中だけがぷるぷる震え、やがて、すん……すん……と鼻をすする音が東屋に響く。

「痛い……痛いのだ、とても」

「はい、そうですよね。痛い、ですよね」

「ずっと、我慢していたのだ。我は……我は、偉大で立派な、大天狗にならねばならぬのだから」

瑠璃はずっと背を撫で続けていた。雀千代の言葉通り、血の流れはだんだんと緩やかになっていき、やがて止まったようだった。

ほどなくして、雀千代がのっそりとおもてを上げる。よくよく見ると、涙と血とで汚れた顔は可愛らしく整っている。切れ長の瞳の縁が真っ赤に充血しているのが痛ましかった。

雀千代は目線をそらし、ふっくらした唇をもごもごさせる。

「……ふん、世話になったな」

「私は何も。それより、怪我は大丈夫ですか……？」

「ひとまず傷口は塞がったのだ。後は、そうだな……」

雀千代は立ち上がり、東屋を見回す。辺りはひどい有様だった。床も長椅子も血がべったりと付着し、凄惨な事件でも起きたかのようだ。

「そなたの恰好もたいがいだぞ」

雀千代に指差され、瑠璃は自分の体を検めた。着物は血まみれで、ついでに髪もほどけてざんばらに乱れている。庭仕事をするからと絣を着ていたのが幸いだった。

雀千代がおかしそうに笑って、しゃがんだままの瑠璃にちょいと手を伸ばす。

「しょうがない、綺麗にしてやる。こんなのは天狗の術で造作もないのだ。特別だぞ?」

ぷくぷくした人差し指が瑠璃のつむじに触れる。柔らかな力を瑠璃が頭に感じた直後、雀千代の額で青い光が弾けた。

「瑠璃、そいつから離れろ!」

耳慣れた声が聞こえたかと思うと、雀千代が青い光に撃たれたようにのけぞる。小さな体が長椅子にどうと倒れ伏し、ぴくりともしなくなった。

瑠璃は悲鳴をあげて雀千代を膝に抱えた。息はある。眉間に皺を寄せてかすかに呻いている。

顔を上げれば、景が東屋に駆け入ってきたところだった。血まみれの瑠璃と雀千代を見比べ、苦々しげに顔をしかめる。

「結界を張っておいたが、妖が入り込んだか」

「も、申し訳……」

確かに勝手に妖を招き入れたのは瑠璃の咎《とが》だった。謝りたいのに、慣れたはずの謝罪さえすらすら言えない。瑠璃はわななく手で雀千代を抱きしめる。景の眉間に一本深い皺が刻まれた。

「その妖に何をされた？　怪我は？」

「ち、ちが……」

ぎこちなく首を振る。景はどうやら、押し入った雀千代が瑠璃を脅かしたと勘違いしているようだった。何とかして誤解を解きたいのに、景の鋭い眼光に晒《さら》されると言葉に詰まってしまう。

景は震える瑠璃を見て、矛先を変えたようだった。

「そこをどけ、瑠璃。話はその妖から聞く」

彼の右目が不穏な輝きを放つ。春の陽光の下にあってさえ、暗夜をもたらすような禍々《まがまが》しい光。「聞く」というのが穏便な方法とはとても思えなかった。

瑠璃はますます雀千代を庇い込む。凍りついた舌を必死に動かして、何度も息を吸って、呟いた。

「……い、い、いや、です」

景が不審そうに片眉を上げる。

「自分の言っている意味がわかるか。それは妖だぞ」

「わ、わかってい、ます」

瑠璃はせわしく瞬いた。そうしないと熱いものが込み上げてきて、喉が塞がってしまいそうだった。

「で、ですが、雀千代さんは、違うのです。ひどい怪我をして、お屋敷の、門の前に、倒れていて。それを、私が拾ったのです。さ、さっきだって、血を、綺麗にしてくれようと、しただけです」

「拾った……？　どこの誰ともしれない妖を？　何の得にもならないのに？」

あくまで雀千代を守ろうとする瑠璃に、景は呆れたようなため息をつく。がしがしと頭を掻いて瑠璃の横に屈んだ。

「あ、あの……？」

「……やっと話せたと思ったら」

口調はふてくされたようで、けれど響きは柔らかい。

「婚約者の名を呼ぶより先に、妖の名を呼ぶのか。本当に、瑠璃お嬢さんときたら」

瑠璃は胸に雀千代を抱え込み、景を見つめた。その神秘の宿る右目は見開かれ、炯々と輝いていたが、眼差しには遠い日を偲ぶような和やかさがあった。

「……その甘さに、かつて救われたのは俺だ。ならば、俺だけは瑠璃の甘さを否定するわけにはいかないだろうよ」

景が瑠璃の腕から雀千代をもぎ離す。長椅子にもたれさせ、軽く頰を叩いた。

「勘違いしてすまなかったな。東屋がこの状況だから、瑠璃が襲われたと思い込んだんだ」

「くう……貴様ぁ！　魔眼《まがん》の賓《まろうど》だな！　我でなくては頭が破裂していたぞ！　瓜みたいに

なあ！」

雀千代が両手をぶんぶん振り回しながらばちりと目を開ける。聞き慣れぬ単語に瑠璃が首を捻《ひね》ると、景がため息をついた。

「その意味のわからない二つ名で呼ぶのはやめろ」

「ふん。事実であろう？　幽世で二つ名が付けられるのは力が強いと認められた証。素直に喜べばいいものを。……それが欲しくても手に入らぬ者もいるのだから」

なぜだか少ししょげているが、とにかく大怪我ではなさそうだ。何はともあれ、瑠璃は安堵の胸を撫で下ろした。

（それにしても、賓って、客人という意味だったかしら）

こっそりと景を窺う。彼は鬼の一族に育てられたと聞いた。だが幽世ではその一員ではなく、やはり人間――よそ者という目で見られていたのだろうか。

瑠璃の思案をよそに、景はしらっとした顔で「それだけ喋《しゃべ》れるなら大丈夫そうだな」と頷いていた。そうして目つきを鋭くし、問いかける。

「で、その怪我は誰にやられた」

「……ふんっ」

「この近辺に危険な輩が出没するのであれば、俺も瑠璃を守る必要がある。教えてくれないか」

腕を組んでそっぽを向いた雀千代の横顔に、迷いが萌《きざ》した。ちらりと瑠璃を見て、渋々というように口を開く。

「我もよく覚えてはおらぬのだ。ただその辺りを飛んでいたら、突然近くで〈扉〉が開いてな」

「空中で〈扉〉が？」

景が眉根を寄せるのに、雀千代も重々しく頷く。

「あれは余人の知らぬ〈扉〉だったように思う。人間の使えぬ空に、正規の〈扉〉を設けるはずがないからな」

〈扉〉の管理は、帝都の基になる最重要事項。そこに登録されていない〈扉〉が……？

考え深げに呟いて、景が目を伏せる。雀千代は興味なさげに鼻を鳴らした。

「我としては人間どものことはどうでもよい。とにかく、開いた〈扉〉からやってきた何かに襲われて、この屋敷の前に墜落したようだ。それが祓い主なのか妖なのかはわからぬ」

「もう少し何かないのか」

「ない。……本当に、突然のことだったのだ。烏天狗の我が堕《お》とされるくらいにな」

雀千代は口惜しげに首を振ると、ぱっと立ち上がった。

ばさりと真っ黒な翼を広げ、瑠璃に向かって手を差し出す。

「よいか、瑠璃。我は借りを返せる良い天狗だ。……受け取れ」

小さな手のひらに、黒い羽根が乗っていた。日差しを受けて艶々と輝いている。

きょとんとしていると、雀千代がぐいぐいと瑠璃の手に押し付けた。

「守護を込めた烏天狗の羽根だ。——助けてくれて、ありがとう」

「あ……」

感謝の品だと気づいて、瑠璃は慌てて受け取る。返事をしようと顔を上げたときには、すでに黒い翼が視界を横切って、雀千代は蒼天《そうてん》に向かって飛んでいってしまった後だった。

東屋に暖かな春風が吹き抜け、甘い花の香りを運んでくる。

瑠璃は胸元に羽根を押し当てた。すべすべした感覚は、いつまでも撫でていたくなるような滑らかさだった。

「……瑠璃」

名を呼ばれて瑠璃は顔を上げる。景は雀千代の去った空を見上げ、眩しげに手庇を作っていた。

「どうして、あの烏天狗を助けようと思ったんだ」

「え……？」

まっすぐな問いに口ごもる。胸の内に、門扉で迷っていたときの情景が思い浮かんだ。

血だまりに伏す子供、陽炎揺らめく道、耳元で高鳴る鼓動の音。

深い理由なんてない。崇高な意志も、ない。

ただ、あのとき瑠璃を突き動かしたのは。

「……どうしても、黙って見ていられなくて」

たったひとつ、この胸に宿るもの。

——弱き人々を守れるような、誇り高い人間でありなさい。

（雀千代さんは妖だったし、全然弱くはなかったけれど）

手元の羽根をそっと懐にしまう。何だか温かみが残っている気がして、知らず唇が綻《ほころ》んだ。

「……そうか」

景が思わずというように、瑠璃の頬を指でなぞる。瑠璃はびくりと身を引いた。

「ど、どうかされましたか」

「いや、なんでもない。……それより、家を不在にしていてすまなかった。俺がいれば、瑠璃もこんな苦労をせずに済んだはずだ」

瑠璃はかぶりを振る。景とまともに会話をするのは久しぶりだったが、思ったよりも滑らかに言葉が出た。

「そんなことはありません……その、私と、顔を合わせたくないのは、当然かと思います」

「何か盛大なすれ違いが生じているようだ」

景がしかつめらしく言って、深く息を吐いた。

「ただ単に、商會から緊急の呼び出しがあったんだ。それを片付けて帰ってきたら門前に血溜まりがあるし、東屋では烏天狗が瑠璃に触れようとしているしで、頭に血が上った」

「お怒りはごもっともと存じます」

瑠璃はしゅんと肩を落とす。仕事を終えて疲れて帰ってきたのに、屋敷が汚れているのはさぞ不快だったろう。それが瑠璃の勝手な振る舞いが原因と知れば「頭に血が上る」のも当然だ。

景が静かに手を上げる。殴られる、と反射的に庇った頭に、しかし衝撃は訪れなかった。

「え……？」

景の手は、労わるように瑠璃の頭を撫でるだけだった。撫でられた、という思い出だけを胸に残すような、柔らかな手つきだった。

「怒っているわけじゃない。ただ、心配した」

景が語調を和らげる。それから自嘲するような片笑みを作り、

「よく見れば、人間の血の色ではないとわかったはずなのにな。それも判断できないくらい俺は冷静さを欠いていた。魔眼を持っていながらにしてこの体たらくというわけだ」

その捻くれた口ぶりと、それでもこちらを窺う眼差しの優しさに、瑠璃は過ぎ去った日々を透かし見た。

（……景）

旦那様は大きな商會の会長を務めていて、気軽に屋敷を一軒買えてしまうだけの財力があって、何より右目には魔眼が嵌まっているが——だとしても、景とつながる部分があるのかもしれない。

往時の少年と、眼前の青年が重なって見えるような、不思議な感覚だった。

胸にこみ上げてきたものを抑えたくて、瑠璃は深く息を吸う。ひとまずは、屋敷を綺麗にしなければ。

「……ご心配をおかけして申し訳ありません。すぐに掃除いたします」

頭を下げようとした瑠璃を、景が押し留めた。

「俺が言いたいのはそういうことじゃないが……いや、掃除はまた後日にしよう」

景がにやりと笑い、空に目を転じる。

「どうせ、明日には手伝いが来る」

借りを返す良い天狗、とは言っていたが。

「おい瑠璃、この書物はここに置けばいいのか？」

「は、はい。ありがとうございます」

「これしき、天狗の我には容易《たやす》いわ。次は何だ？」

雀千代はあれから三日にあげず屋敷へやって来ては、瑠璃の手伝いをするようになっていた。自分の汚した道や東屋も、得意げに全て綺麗に拭き上げてみせた手腕は目を見張るほどだった。天狗の術はすごい。

自分の用事で忙しくないのかと聞いてみたが「小娘ごときに心配されるほどではないわ」と一蹴されたので、大丈夫なのだろう。たぶん。

今もふたりは、客間の設《しつら》えをせっせと整えているところだった。といっても軽く掃除をした後は、雀千代が椅子やら机やらを一人で運び、瑠璃の手の届かない場所にも軽々飛んで物を置いてしまうのだからこちらの立つ瀬がない。

雀千代にあれこれお願いしていると、門の方で呼び鈴が鳴った。

「客人か？　ふん、我はここで作業を続けるゆえ、瑠璃が出迎えるがよい」

「はいっ」

これではどちらが家主かわからない。いや、本来の家主である景は「好きにさせておけ」と笑うばかりだったので、これで構わないのだろう。

（旦那様は、優しい、けれど……）

景とは何となく和やかさを取り戻した。少なくとも食事中、日々のたわいもない話はするようになった。

けれどいつも、同じ寝台で眠るときは無言だ。

（未来視については、決着がついていない……旦那様も触れようとはしない。私も……ど

うしたらいいのかわからないまま)

今は間合いを計っているようなものだ、と思う。互いに切先を突きつけ合い、いつ懐に飛び込むか息を潜めている——そんな気がする。

玄関から敷石を渡った瑠璃は、門柱の陰に佇《たたず》む人影を迎えようとした。

「お待たせいたしま、し……」

そうして投げた言葉が途中で止まる。呼気がヒュッと妙な音を立てて詰まる。人影がゆらりと蠢《うごめ》いて、門扉の向こうに姿を現した。

そこに立つ、遠野渚と目が合った。

「こんにちは、瑠璃」

ただの挨拶だ。だから瑠璃も同じように返せばいい。

(頭では、理解できているのに……渚様がいったい何の御用……?)

舌がこわばって一音も発せない。額から血が下がっていって、手足が急速に冷たくなる。それなのに背中には汗が浮いて気持ち悪かった。

藤柄の小紋姿の渚は、白い手にパラソルを差していた。その下から覗く、美しい顔が嗜虐に歪む。

「あなたは満足に挨拶もできないのかしら。それとも、鷲尾《わしお》様の婚約者になって、私たちを見下しているの?」

「も、申し訳ありません……」

瑠璃の謝罪に渚は気をよくしたようだった。門扉越しに庭と屋敷をじろじろと眺め回す。

「ずいぶん良い暮らしをしているそうね。噂で聞いたわ、この屋敷も鷲尾様が婚約者のために買い上げたと。でも、肝心の婚約者は、屋敷に引きこもって出てこないんですって」

渚は紅唇に手を当て、くすくす笑う。よく手入れされた桜貝みたいな爪が、日差しを弾いて輝く。

「よほど婚約者を大切にしているだろう、なんて言われているけれど、違うわよね？　瑠璃は何もできないから、屋敷にいるくらいしか能がない。それが事実でしょう。しかも妖を引き寄せるんだから、穴蔵の鼠みたいにコソコソするしかないわよねえ」

鈴を転がすような響きは、逃れようもなく瑠璃の頭蓋にこだまする。

その場に立っているのがやっとだった。

渚にぶつけられる言葉の礫を、ひとつも打ち返せなかった。

渚の指摘通りだった。それのみならず、瑠璃の未来は景の命を危うくするというおまけ付きだ。

真っ青になって立ち尽くす瑠璃に、渚がこの上なく優しく微笑みかける。

「婚約者なんて、瑠璃には荷が重いわよ。やめたらどう？　鷲尾様に必要なのが爵位なら、別に瑠璃でなくたっていいもの」

「あ……」

真っ白になった頭の中、渚の言葉が、墨を一滴垂らしたように鮮やかに浮かぶ。

（なぜ……今まで思いつかなかったのだろう）

完全に甘えすぎていた。自分の始末は自分の手でつけなくてはいけないのに。

（そうだわ。婚約を破棄して、旦那様から遠ざかろう。帝都の外へ出たっていい。私には祓いの才もないのだから、ごく普通の人間として生きていける）

帝都への出入りは門ひとつに制限され、境界は厳重に見張られ、といった物理的な制限がある。景がどのような未来を視ようが、瑠璃が景から離れれば、彼はうんと安全になれるはずだ。

それはとても素晴らしい考えに思えた。

引いた血の気が戻ってきて、足の裏から、しっかりと地を踏みしめる感覚が伝わってくる。すぐにでも実行したい、と腹の底から力が湧いてくる。

急に顔色の良くなった瑠璃を不審に思ったのか、渚が細い眉をきゅっと寄せる。しかしすぐに勝ち誇ったような笑みを作るとパラソルを畳んだ。

「あなたのすべきことがわかったかしら？　婚約破棄するときには、次の花嫁に私を売り込んでおくのよ。いいわね？」

「はあ……」

どうしてか、これには素直に頷けなかった。売り込んだとて、選ぶのは景だ。瑠璃の口添えが何かの役に立つとは思えない。

瑠璃の躊躇いには気づかなかったようで、渚は機嫌良さげに続けた。

「それと、私の振袖を返してもらおうと思って。あの日着たまま出ていったでしょう。あれは貸しただけで、与えた覚えはないのよ」

「申し訳ありません。す、すぐに、持って参ります。どうか、中でお待ちください」

瑠璃は門扉の鍵を開ける。染みついた癖で、一歩下がって頭を垂れて迎え入れる。

その前を、渚が女主人のごとくに通ろうとしたとき。

バチン、と火花の散るような音が弾けるとともに、瑠璃の頭上で「きゃあっ」と短い悲鳴が上がった。

「な、渚様……っ⁉」

門扉の向こう側で、渚が道に尻餅をついていた。錦の草履のつま先が見るも無惨に焦げている。

今ここで何が起きたのか、無才の瑠璃でも理解できる。

結界だわ、と声にならない呟きが漏れた。

「何よこれ……」

吐き出される声は呪詛《じゅそ》のよう。わなわな震える渚は、かたわらに転がったパラソルを引っ摑み、歯を剝《む》き出して喚《わめ》き始める。

「よくも騙《だま》してくれたわね！　いい気味だとでも思っているの⁉　私を罠にかけるなんて何様のつもり⁉」

瑠璃は啞然と首を横に振る。この屋敷に張ってあるのは妖除けの結界のはずだ。人間である渚には効力がない。

「あ、あの……」

「ふざけるんじゃないわよ。瑠璃のくせに、私を見下すなんて許されないわ！」

渚が腹立ち紛れに小石を投げつけてくる。だがそれも再び結界に阻まれて、激しく舌を打った。忌ま忌ましげに瑠璃を睨みつけ、くるりと背を向ける。

「振袖なんかもうどうでもいいわ！　このことは忘れないわよ。今に見ていなさい‼」

引き止める間もなかった。足音荒く去っていく渚の頭に、瑠璃の石の嵌まった簪が輝いているのが一瞬だけちらついた。

「え……？」

嵐の去った後のように、付近には清閑さが戻ってくる。瑠璃は開きっぱなしの門扉をぽかんと眺めた。風にぎしぎし揺れていた。

「何じゃあのうるさい小娘は。そなたの知り合いか？」

突然天から声が降ってきて、瑠璃はひゃっと飛び上がる。見上げると、すぐそばの庭木の枝に雀千代が腰かけていた。行儀悪く足をぶらぶらさせながら、渚の立ち去った方角に顔を向けている。

「悪意除けの結界にも気づかぬとは。まったく、祓いの才はあるようだが底が知れるな」

ばさりと翼をはためかせ、雀千代が瑠璃の隣に着地する。子供の外見にそぐわぬ何もかもを見通した風情に、おそるおそる訊いてみた。

「……あの、このお屋敷の結界って」

「あの魔眼の賓が、瑠璃に悪意を持つ者は決して通れぬように結界を張っているのだ。だから我は、いつだって通れる。ただの妖除けの結界よりも手の込んだことをしおって。霊力の消耗も激しいだろうにな」

黒曜石の瞳に射抜かれて、瑠璃はその場に立ちすくむ。口からは「え……？」と情けない声がこぼれた。

「私はてっきり、妖除けなのだとばかり……」

「何だあの男、そんな大事なことを瑠璃に伝えていなかったのか。そういうの、我はよくないと思うぞ」

ぷく、と雀千代が頰を膨らませる。そのまろやかな頰の線を見つめながら、瑠璃はごくりと唾を飲み込んだ。

（旦那様は、私を守ろうとしてくださっている……）

長らく覚えのない感覚だった。誰かに庇護《ひご》される、というのは。

静かに目を閉じる。眼裏に浮かぶのは、人生でおそらく最も幸福な時代。

両親がいて、そして景がいて、ただ羽栖の娘であろうと無邪気に過ごしていた頃。

あのときは温かな人たちに囲まれて、腕の中で微睡《まどろ》んでいればよかった。その事実にさえ気づかなくたってよかった。庇護されるとはそういうことで、子供だから許されていた。

しかし、今の瑠璃は子供ではないのだ。

「あの、ひとつお聞きしたいことがあるのですが」

瑠璃は眦を決し、雀千代にある質問をした。


その夜も瑠璃は景とともに食卓を囲んでいた。今日も今日とて素朴な献立だ。菜の花の混ぜご飯に、春野菜の煮物、鰯《いわし》のつみれ汁。そして厨には枇杷《びわ》が冷やしてある。

料理に舌鼓を打っていた景が、いつものように訊ねてくる。

「今日は何か変わったことはなかったか？」

瑠璃はあっさりと答えた。

「渚様が訪ねてこられました」

「はあ⁉」

瑠璃の爆弾発言に、景が両目を見開く。右手から漆塗りの箸が転げ落ちた。からんと軽い音が鳴る。

だがそんなことには構わずテーブルに身を乗り出し、景は矢継ぎ早に質問を繰り出す。

「いつ？　どこで？　何の用だったんだ」

「今日の昼頃、振袖を返してほしいという御用でした」

「……ああ、あれか。返してやればいい。瑠璃に振袖が入り用なら、新しく仕立てよう」

婚約当日のことを思い出したのか、景の目線が宙空をさまよう。

しかし瑠璃は首を横に振った。

「いえ、もう不要だそうです。――旦那様」

きちんと箸置きに箸を揃《そろ》え、両膝に手を置いて、瑠璃は背筋を伸ばした。苦み走った顔つきだった景も真面目な空気に居住まいを正す。

彼の整った顔を見据え、瑠璃はおもむろに口を開いた。

「このお屋敷の結界は、悪意除けだと知りました」

「その通りだ。それがどうかしたか」

何の屈託もなく答える景に、瑠璃は胸苦しくなる。

ずっと頭の隅に引っかかっていた。

瑠璃が雀千代に襲われたと勘違いしたときの必死な顔。敵対する者への容赦のなさ。もっと遡《さかのぼ》れば、川獺に化かされた瑠璃を救い、簪を買ってくれたときから、この婚約まで。

「……誤解でなければ、妖だけではなく……」

言葉が重石のように喉に詰まる。

今から言うことは果てしなく驕《おご》っていて、自信過剰な気もする。言えば景は冷笑して「調子に乗るなよ」などと吐き捨てるのかもしれない。その方がよっぽど気楽だ。嘲《あざけ》られるのには慣れている。

けれどもそうはならない予感をひしひしと抱きながら、汗の滲む手を握りこみ、瑠璃は続けた。

「全ての悪意から、私を守ろうとされていますか？」

「ああ、そうだ」

景の応えに淀みはなかった。あまりにさらりと答えられるのでなんとなく受け流してしまいそうなのを、瑠璃は手のひらに爪を立てて堰《せ》き止める。鈍い痛みが、これは現実だと教えてくれた。

景は平らかな面持ちで瑠璃を見つめている。

「婚約者には少しでも幸福でいてほしいと願うのは、自然なことだろう」

「それは……」

「瑠璃はそう考えたことはないのか？　一度も？　だとすれば、俺の甲斐性《かいしょう》のなさが明らかになったようだ」

「そんなことは、ありません、が……」

瑠璃はテーブルに目を落とす。つみれ汁の椀《わん》から立ち上る白い湯気が、瑠璃の鼻先を柔らかく撫でた。卓上に並ぶ料理は全て、瑠璃が景のために作ったものだ。

遠野家ではまともな食料にありつけなかったから、食事の有り難さは身に染みている。少しでも美味しいと思ってもらいたかったし、わずかにでも血肉となれば幸いと、あれこれ工夫して毎日作っているのだ。

それは確かに、婚約者の幸福のための祈りだった。

でも景の献身は度を超えている。誰かを全ての悪意から守るなんて不可能だ。神様ではないのだから。そんなことを平気で言えてしまって、そして実際に行おうとしている景の振る舞いは、ただ婚約者だから、では説明がつかない。

ここまで来て、きっと旦那様には羽栖の爵位が必要なのだわ、などと寝ぼけたことは言っていられない。

瑠璃は歯を食いしばって、キッと顔を上げた。

「どうして、そこまで私を守ろうとしてくださるのですか？」

食堂がしんと静まり返る。外で雨が降り出したのだろう。雨粒が窓を叩く音が細《ささ》やかに響く。

景の表情は微動だにしなかった。

「爵位が必要だから、という答えでは納得しないんだな」

「し、しません」

少しでも気を抜けばうつむきそうだった。けれど膝を摑む手に力を込め、一生懸命に体を支えて景に対峙《たいじ》した。

「なぜそこまで気になるんだ」

乾いた声だった。淡々とした口調に熱はなく、黒い瞳も青い瞳も、硝子玉《ガラス》みたいに美しく澄んでいるばかり。

瑠璃は虚を衝《つ》かれて、目を瞬いた。

「……なぜ、とは？」

「俺の真意が奈辺にあろうとも、事実として瑠璃は平穏な日々を送っている。それだけで十分ではないのか」

「それは……」

「何も難しく考える必要はない。瑠璃は俺に全てを任せて、庇護下にいてくれればいい」

景の発言は真実だろう。瑠璃が何かをしようとしても足手まといになる確率が高い。

瑠璃はぴしゃりと頬を打たれたような気持ちになって、口ごもった。

「で、ですが……私は、旦那様にも、平穏な日々を送っていただきたいのです」

瑠璃はいつかの未来で景を破滅に追いやる。そんな人間に、大切にされる価値があるとはとうてい思えなかった。

景は何事か考えるふうに目を伏せる。その頬に長いまつ毛の影がかかっているのを見つめながら、瑠璃は自分は何か答えを間違えたらしい、と察した。

(旦那様は、私の質問には答えてくださっていないもの……。いえ、質問をしたら答えが返ってくると思うのは傲慢ね。そんな簡単なことも忘れてしまっていたわ)

のろのろと拳を開いて、箸を手に取る。どうしてこんなに何もかも上手にできないのだろう、と鳩尾《みぞおち》がしくしく痛んだ。

瑠璃の箸が皿の上を旅して、煮物を力無く摘むのを、景が目で追っていた。

「……あの女に、何か言われたのか」

「えっ……？」

摘んだ煮物を小皿に避難させて、瑠璃は呟く。相変わらず景の両目は、何の色も含まず瑠璃に当てられている。これ以上は言うつもりもなかったのに、なんだかつるりと言葉が転がり出てしまった。

「その、私は旦那様の婚約者にふさわしくないから、婚約をやめろと……」

「そんなところだろうと思った。あの手の女が考えることは決まっている。いいか、覚えておけ」

思わず箸を握りしめる瑠璃に、景が厳かに宣言した。

「俺の婚約者は瑠璃だけだ。婚約をやめるなど許さない」

たぶん、涙を流して喜ぶべき場面なのだと思う。目をキラキラさせて、頬を染めて「まあ」なんて言って、恋する乙女みたいに。けれど瑠璃の涙腺は遠野家で過ごした八年によって完全に破壊されていて、涙ひと粒すら転がり落ちはしなかった。

「ですが、彼女の言うことには一理あります。旦那様にはもっとふさわしいご令嬢がたくさんいらっしゃるでしょう」

婚約の日に渚が言っていたことだ。そして、それに対して景は言ったのだ。

「……それにもかかわらず私を選ぶのは、私が、かつてあなたを拾った瑠璃お嬢さんだから、ですか」

今度の返答には時間がかかった。雨音は途切れない。先ほどよりも雨脚が強くなったようで、軒先から雫《しずく》が滴り落ちる音さえ聞き取ることができた。

「……俺にとって」

雨にかき消されてしまいそうな声で、景が呟いた。

言葉ひとつひとつを発するたびに心臓を貫かれているかのように、その表情が苦しげに歪んでいく。そこで瑠璃は気がついた。今までの平板なそぶりは全て、感情を抑えつけていたためだったのだと。

「瑠璃お嬢さんは、本当に……」

言いかけて、景はハッと口を閉ざす。失言した、とでもいうような目線の揺らぎが、瑠璃を責める。いや、勝手に瑠璃が辛く思っているだけだ。景に責める意図なんてさらさらないだろう。

（……ああ、やっぱり……）

手にした箸が、ぎし、と軋む。慌てて箸置きに置いて、震えそうな息を必死に整えた。

――彼の忠義の行き先がもうないことが、こんなにも悲しい。

瑠璃からしてみれば「瑠璃お嬢さん」がいないことは自明だった。八年間「彼女」が粉々に砕かれて、痛苦と恐怖と諦めによって見るも無惨な継《つ》ぎ接《は》ぎにされるのを、一番近くで見ていたのは瑠璃だったのだ。

心臓が、冷たい手で握り潰されたようだった。

（旦那様、あなたの大切な人を守れなくって、ごめんなさい……）

やはりここで自分にできることはない、と悟る。それにこれ以上、景に亡霊を探させたくはなかった。瑠璃がここにいると、彼はいつまでも過去から逃れられないのだ。

同じ食卓を囲んでいるはずの彼が、あまりにも隔たって感じられる。景のために作った料理を並べたテーブルは、幸せを祈る分だけ、瑠璃から彼を遠ざける。

それでも今の瑠璃に守れるものはまだあるはずで、婚約者の幸福を祈るという願いだけは重なり合っていたから。

（さようならです、旦那様）

胸の内だけで別れを告げる。

後はもう、ふたりとも雨声に聞き入っていた。

瑠璃の家を訪れてから数日。

渚の苛立ちは募る一方だった。

今の瑠璃が持つ全てが渚の不満をかき立てた。豪奢な屋敷も、悠々自適な暮らしぶりも、何より、容姿端麗な婚約者も。

瑠璃が遠野家に引き取られる前から、渚は瑠璃のことが大嫌いだった。

祓い主の家に生まれながら、祓いの才がないなんて軽蔑するしかない。妖を誘き寄せるのも不気味だった。そのくせ、羽栖家の娘でございという顔をしているのも気に食わなかった。

正直に言えば、瑠璃は羽栖家の血を引いていないのではないかと渚は疑っている。

彼女は両親に似ていなかった。あの頃は、艶やかな黒髪に、大きな瞳を縁取るまつ毛は長く、さくらんぼに似た小さな唇が夢のように弧を描いていて、人形みたいに綺麗な顔立ちをしていたのだ——それもまた渚の鼻についた。

だが、誰もそんなことは言わなかった。

両親は人格者らしく無才の娘を可愛がり、娘も懸命に勉学に励む、円満な家族。そう見えていた。

それが八年前の事件で全てが変わった。

妖の襲撃を命からがら生き延びた瑠璃と、遠野家の玄関で会ったとき。笑顔をなくしてボロボロの着物をまとった彼女を見た瞬間、これこそがこの女の正体だと笑いが止まらなかった。

それからは楽しい毎日だった。

渚がどのように瑠璃を扱おうと、両親は咎めなかった。むしろ母親も同調するようになって、渚はいよいよ自分の正しさを確信するようになった。

一生遊べる玩具が手に入ったのだと思った。

それなのに、と渚は歯噛みする。

あの結界は何なのだ。悪意除けなんてふざけている。しかも対象は瑠璃？　あの女にそんな価値があるものか。

鷲尾景がやったに決まっているが、恐ろしいほどの精度で練り上げられた結界はとても渚には敵《かな》わない強さだった。祓い主というよりは妖が使う妖術に似ており、あの男もただの商會の長とは思えない。

けれども遠野家の客間で会ってすぐに、渚はその顔に目を奪われていた。

瑠璃に仕えていた使用人だと聞かされた瞬間、記憶が蘇った。何度も羽栖家ですれ違った。そのたび挨拶だってした。

それだけじゃない。渚は景に助けられた思い出がある。

羽栖家の庭で、術の練習をしていたときのことだ。鼻緒《はなお》が切れて困っていた渚に、通りがかった景が声をかけてくれた。事情を話せば景はすんなり渚の足元に跪いて、手巾で草履を直してくれたのだ。

あのとき、彼の頭には桜の花びらがついていた。だからあれは春だったのだろう。その薄桃色の淡さだって覚えている。

彼の顔に惹きつけられたのは、その美しい造形に見惚れたからじゃない。胸の奥底にしまわれていた記憶が、無意識のうちに渚に訴えていたのだ。少なくとも、渚はそう信じてやまなかった。

――爵位が必要なら、できそこないの瑠璃じゃなくて、私でもいいのに。

目の前に並ぶ簪や笄《こうがい》を眺めながら、渚はため息をついた。

夜会へ行くために新しい髪飾りが欲しくて、渚は自ら小間物屋へ赴《おもむ》いていた。前までは出入りの者を屋敷に呼びつければよかったのに、今では父から止められている。詳しくは明かされないがどうも家計が苦しいらしい。

だがそんな些事《さじ》、渚の知ったことではない。渚が美しく着飾れば、裕福で見目麗しい素敵な男性――例えば景――に選ばれるに決まっている。そうすれば遠野家に支援だってしてもらえるだろう。必要経費という言葉をお父様はご存知ないのかしら、と舌打ちしたくなった。

「あら、渚様じゃございませんか。お久しぶりですね」

つらつら考えていると横合いから店の女主人に声をかけられて、渚は素早く微笑みを浮かべた。

「ええ、こんにちは。おすすめの品はあるかしら」

内奥なんておくびにも出さない。遠野渚は社交界でも指折りの美少女祓い主なのだ。瑠璃への苛立ちごときで眉間に皺一本刻むわけにはいかない。

渚の命を受けて、女主人が愛想よく商品を紹介していく。牡丹のあしらわれた花簪、金魚の描かれた蒔絵《まきえ》の櫛、舶来物の絹のリボン。どれを見てもピンと来なくて、渚はため息を圧し殺した。

「他のものはないかしら?」

「そうですねえ、このバレッタは新作で……ああ、でも今、渚様がお召しになっている簪より良いものはないかもしれませんねえ」

「えっ?」

渚は自分の頭に手をやった。あの日瑠璃に買いに行かせた、青い石の嵌まった豪奢な簪だった。どう考えても渡した金額より高価そうな品だったが、渚の気にすべきことではない。渚の持つ中で最も上等な一本で意匠も気に入っていたから、最近はこればかり使っていた。

戸惑う渚に、女主人はにこやかに告げる。

「その簪は、以前、鷲尾様がお求めになったものですわ。渚様にお贈りになったのね」

「え――？」

その瞬間、かちりと音を立てて渚の中で何かが切り替わった。

客間で逢った景が鮮やかに思い出される。

瑠璃を選ぶ理由を、忠義と言い切ったときの顔。瑠璃が気づいているかは知らないが、明らかに忠犬の眼差しではなかった。両目の奥底にはほの暗い熱が滲んでいて、瑠璃を抱えた腕には誰にも触れさせまいとする執着があった。

まるで、運命をやっと手にしたのだとでもいうように。

幼少期に交流があったくらいで、瑠璃が選ばれたというのなら。

――瑠璃さえいなければ、私だって、運命の女になれるはずだ。

渚の白い頬が薔薇《ばら》色に染まる。「まあ」と呟いて両手を頬に当てるさまは、まさしく恋する乙女のよう。

「そうだったの。鷲尾様が、私に。うふふ、ちっとも知らなかったわ。でも、それを知る前から私、これが一番のお気に入りだったのよ。何というか、他のものとはどこか違って見えたの！」

花の開くように笑って、愛おしげに簪を撫でる。

「ええ、彼からもらった簪が一番に決まっているわ。ごめんなさい、今日は失礼するわね。また別のものを買いに来るわ」

弾むような足取りで店を後にする渚を、女主人はにこやかに見送る。

そうしてその背が人混みに紛れたところで、ぽつりと呟いた。

「……てっきり、鷲尾様があの女の子に贈ったものだと思ったのにねぇ」

朝から降り続く雨が、鷲尾商會の執務室の窓を濡らしている。

景は重く垂れ込める鈍色《にびいろ》の雲を見上げ、それから執務机に積まれた書類の山に視線を転じた。

「景兄、その暗い雰囲気どうにかならないんですかぁ」

「……俺はいつも通りだ」

ノックもなしに執務室へやって来た八手《やつで》への返事は、我ながらキレがない。ただでさえ陰鬱《いんうつ》な空模様だというのに、景の不機嫌さによって執務室の湿度は五割増しになっている。

すねこすりも近づくのを嫌がって、どこかに餌をもらいに行ってしまった。

山から書類を一枚引っ張り出す景に、八手がニヤニヤと笑いかける。

「景兄を落ち込ませる原因なんて、ひとつに決まってますよねぇ」

そのまま執務机の角に尻を乗せて、景が手にした書類を取り上げた。

「婚約の調子はどうですか？」

「おい、返せ」

「僕の質問に答えてくれなきゃいやでーす」

すらりと足を組み、着流しの懐に書類を捻《ね》じ込む。景は眉を寄せた。今から決裁しなければならない発注書だったというのに。

しかし八手も本気なのだろう。こちらにひたと当てられる金の瞳は小揺るぎもしない。

景はしばし八手と睨み合った後、深々とため息をつき椅子の背もたれに体を預けた。

「聞いて驚くなよ。……もう捨てられそうだ」

「めちゃめちゃ面白いじゃないですか」

八手がきゃっきゃと足をばたつかせた。

「景兄にも落とせない女性がいたんですねぇ」

「どういう意味だ」

「いやだって、景兄は幽世でも女性には困らなかったでしょう？　僕の姉も妹も景兄に夢中でしたよ。僕は妹を推してました。結婚したら、僕が義兄になる方がいいので。八手兄様って呼んでもらおうかなって」

「そんな気色悪い決め方があるか」

「ま、景兄はどんなに美しい妖が言い寄っても全然靡《なび》かないし、術をかけようにも魔眼で見破っちゃうし。僕の夢は叶いませんでしたねえ」

「当然だ」

景は鼻を鳴らす。瑠璃に出会ったときから、景の目には瑠璃しか見えていなかった。それ以外の女の形をした妖たちが近寄ってきても、心は微塵も動かない。相手が人間だとしても同じだった。

「それで、そんな景兄がどうして婚約者に捨てられそうなんですか？」

露骨に興味津々といった風情で八手が訊いてくるのに、景は顎に手を当て考え込む。

瑠璃はどうやら、遠野家での被虐の日々が、自分を変えてしまったと考えているようだった。

それは一面から見れば真実だ。確かに瑠璃は、もう瑠璃お嬢さんではない。

もし両親が健在であれば、今の彼女のようにはならなかっただろう。乏しい表情でうつむきがちな、囁くような声の少女ではなく、きっともっと明るくて健やかで華やかな、景には手も届かない天上の花になっていたはずだ。

――だが、たかがそれだけだ。

景から見れば、瑠璃を瑠璃たらしめる本質——魂とでもいうのか——は、ひとつも損なわれていない。

烏天狗の雀千代を助けたときのことを思い出す。血で汚れることも厭《いと》わずに、景の魔眼から得体の知れない妖を庇う華奢《きゃしゃ》な背中を。

弱き者を守れ、誇り高くあれ。

あれこそがかつて景の目を灼《や》いた光だった。

「……瑠璃はおそらく、俺が忠義心で婚約したと思っている。だが、遠野家での日々が彼女を歪めてしまい、引け目に感じることがあるようだ」

もろもろを省略した景の説明に、八手は気の毒そうに眉尻を下げる。

「酷《ひど》い目に遭ってましたもんね。でも、それでこそ景兄の腕の見せ所じゃないですか。西洋の御伽噺みたいに口づけのひとつでもすれば、きっと気持ちが伝わりますよ」

いかにも鬼らしい気楽な意見で、景は鈍い頭痛を覚える。この弟分は人の心を単純に捉えすぎている。魔法の口づけひとつで傷が治るなら世話はない。

しかし、景も他人のことは言えない身分だった。

「……もうした」

「へえ！　どんな反応でした？」

八手が好奇心に目を輝かせる。景は仏頂面のまま、寝台の上、月光に照らされた瑠璃の顔を思い出す。

自分の命を軽く扱うのが許せなくて、衝動を堪えきれずに口づけてしまった。あれは明らかに景の落ち度だった。どんな理由があろうとも、許しを得ずに触れていいわけがない。

だが、彼女のあの顔は。

「……何今の、みたいな反応だったな」

低く呟いた瞬間、遠慮会釈《えんりょえしゃく》なく八手が噴き出した。

「意識されてなさすぎないですか?」

「言うな……」

顔を赤くするとか顔を背けるとか、本当に、ひとつもなかった。あれなら頬を張られた方がマシだった。

八手はけらけら笑って、発注書を机に戻す。

「瑠璃さんも相当な難物ですねえ。会ってみたくなっちゃったな」

「どういう意味だ」

「怖っ、睨まないでくださいよ。景兄の大切な人に僕が手を出すわけないでしょ。単純にどんな人なんだろうって気になるだけです。まったく……本当に、その人は景兄の慕情に沿う人なんですか?」

訝しげに細められた八手の双眸が剣呑《けんのん》さを帯びる。景は机上の書類を手に取り、ひらひらと振った。

「俺の心を決めろとは誰も頼んでいない」

「そうですか？　景兄がいいならいいんですけど……。まあそんな調子じゃ、瑠璃さんに逃げられる方が先かもしれませんね」

唇を尖らせて憎まれ口を叩く八手に、景は決裁の手を止めず続けた。

「瑠璃は帝都からそう易々《やすやす》と出られない。帝都の民が外へ出るためには出国許可証が必要だからな」

この国と外《と》つ国を行き来するには旅券が必要だが、出国許可証も似たようなものだ。帝都の北東にある関所へ本人が直接赴いて、審査を受けなければ許可証は発行されない。祓い主の逃亡を防ぐため、特に華族は厳しく検められる。

八手が小首を傾げる。

「そんなの役所に行くだけじゃないですか……ってああ、妖を惹き寄せるんでしたっけ。でも烏天狗がいるんでしょ？　護衛させればいいじゃないですか」

「襲われるとわかっていて付き添いをさせるような娘じゃない。よって、瑠璃はあの屋敷から離れられない」

知らず浮かんだ景の悪辣《あくらつ》な笑みに、八手が「げえっ」と大げさに身を引く。

「執念深っ。捨てられるとか言って全然手放す気ないじゃないですか」

「当たり前だろう」

さらりと答えながら、しかし瑠璃をどうしたものか、と内心で独りごちた。

景は別に瑠璃に元の明るさを取り戻してほしいと望んでいるわけではない。自分が瑠璃を愛するように、愛を返してほしいとも願わない。自らの手元に置いたのは、あの劣悪な環境から引き離して、自分は慈《いつく》しまれるべき存在なのだと思い出してほしかったからだ。

だってそうでなければ、かつて彼女を愛した人々があまりにも報われない。

黙々と書類を捌《さば》いていく景を見つめ、八手がぼそりと呟く。

「でも、景兄の未来視じゃ瑠璃さんは危険な存在です。どうにか手を打たないと」

書類に署名する景の手がぴたりと止まる。それは的を射た意見だった。景とてむざむざ殺されるつもりは微塵もない。

とはいえ一体どのような過程を辿ったら瑠璃が自分を殺めるのか想像もつかず、手をこまねいているのも確かだ。

「事ここに及んでは、幽世の文献を漁《あさ》ってみるか。未来視に関する打開策が見つかるかもしれん。妖は文字で記録を残す文化が希薄だから怪しいが」

実際、景は帝都であらゆる文献を取り寄せて魔眼に関する情報を収集した。しかし見つかるのは人間を面白がらせるための怪談ばかりで、景のような話はなかった。どうにも景と同じ経験をした人間は存在しないらしい。

八手が腕組みして唸る。

「予知なら件《くだん》が有名ですが、景兄とは少し性質が違いますかねえ」

件とは、人間の顔と牛の体が交ざった形をした妖だ。幽世にいた頃に会いに行ったことがある。未来予知の能力を持っていると知って、景と件には何か関係があるのではと淡い期待を抱いてのことだった。

だがそんな景の思惑を見透かしたように、件はくわっと目を見開き「我と賓は全く異なるモノだ。そもそも視る未来からして違う。我の告げる未来は疫病に限られ、しかも必ず当たる」と長々講釈を垂れただけだった。今回も役に立つかは疑わしい。

「幽世の話なら九尾《きゅうび》に聞きに行けばどうですか？　僕は苦手ですが」

「あの妖狐か……」

景は苦々しく眉間に皺を寄せる。

その名の通り九つの尾を持つ妖狐は、幽世でも最も長命と言われる強大な力を持った妖だ。彼ならば魔眼についても知っている可能性がある。

九尾は普段、幽世の最奥に住まい、ほとんど表に姿を見せない。ただ、鬼の一族に育てられた景は稀《まれ》に遭遇することがあった。その際景に向けられた金色の瞳の温度のなさを思い出すと、背筋の産毛を撫で上げられるような悪寒《おかん》が走る。

商人となった今ならわかる。あれは値踏みの目だった。

しかしそんなことで駄々《だだ》をこねるわけにもいかない。

「……近いうちに幽世へ行くか」

雨粒が窓硝子を叩いてひっきりなしに音を立てる。長雨に降り籠《こ》められた執務室で、景は濁った空を見上げた。

(……困ったわ)

屋敷の窓から雨景色を仰ぎ、瑠璃はため息をついた。

梅雨に入った空は、ほとんど毎日雨を降らせている。頑なに空を飛ぶ雀千代はびしょびしょになってしまうので、瑠璃は梅雨明けまで来なくて大丈夫だと伝えたのだった。だから景の仕事中は屋敷に瑠璃ひとり。こっそり帝都を離れるのも容易いと思ったのだが。

(出国許可証をもらいに行けない……!)

こんなところで自分の性質に阻まれるとは思わなかった。ひっそり荷物もまとめてあり、あとは関所へ行って出国許可証の審査を受ければいいだけなのだが、肝心の瑠璃が出向けなければ意味がない。

日盛りの間に出没する不逞《ふてい》の妖は少ない。可能な限り安全に外出するため、晴れ間を待っているのだが一向に雨は降り止まない。

(次の晴れた昼には……)

晴れ渡った空を思い浮かべる。きっと広がるのは、遠野家を出た時と同じ色だ。あのときは本当に爽快だった。それなのに、屋敷を出る自分の姿を想像すればつきんと胸が痛む。瑠璃は首を横に振り、掃除に戻るため足元に置いたバケツを抱えた。せめてそれくらいはしたかった。

(次は、旦那様の部屋ね)

長い廊下の左右にはいくつものドアが並ぶ。景の部屋は以前に瑠璃の父親が使っていた書斎だ。

そのうちのひとつの前を通り過ぎようとしたとき、背筋の産毛がぞくりと逆立った。

「えっ?」

弾かれたように横を見る。慎ましく並んだ樫の扉、そのうちのひとつがおかしい。全て樫製の艶やかな開き戸のはずなのに、それだけはやけに古ぼけて黒ずんでおり、表面に浮き出た不吉な模様が脈打って見える。

ドッと跳ねる鼓動を感じたとき、ギィィ……と軋む音がして、扉がひとりでに開いた。

瑠璃の脳内に激しく警鐘が鳴り響く。雀千代や景に言われたことが思い浮かぶ。

この屋敷には悪意除けの結界が張り巡らされていて、悪意を持った者は通れない。

けれど、内部に扉が開けば——。

大きく口を開けた扉の奥。一寸先も見通せない闇の向こうから手が伸びて、瑠璃を暗い淵に引きずり込んだ。

そのとき雀千代は非常に屈辱的なことに、羽栖邸へ向かう道を歩いていた。

しかも雨を避けるために番傘まで差している。せせこましく地上を歩かざるを得ない人間や妖どもを尻目に悠々と空を飛び回る烏天狗にとって、許し難いことだった。

だが、と顔を上げる。雨のせいか周囲に人影は少ない。ぽてぽて歩く姿を見られることはなさそうでこっそり安堵する。もし他の妖に囃《はや》し立てられれば烏天狗として示しをつけてやらねばならないが、ひとつ間違えば無様《ぶざま》を晒《さら》すことにもなりかねない。

あの娘に助けられたときのように。

「瑠璃め……我に歩かせるなど、まったく不遜なやつだ。会ったらひとこと言ってやらねば気が済まぬ」

別に瑠璃に招かれたわけでもないのにそんな不満を言う。だが最後に見た瑠璃の顔があまりに曇っていて気にかかるから、雀千代は雨の中わざわざやって来たのだ。

魔眼の賓にひどく大切にされている娘。雀千代は人間の心になど興味がないが、渚とかいうもうひとりの小娘に罵倒されてから、瑠璃の様子はおかしくなった。まるで自分の居場所はここではないとでも感じているように、居心地悪そうに口を閉ざすことが多くなった。

その押し潰された唇の形に雀千代は見覚えがあった。烏天狗の頭領の血筋に生まれながら、霊力が弱いと親に捨てられ、幽世から追い出されて帝都に流れついた自分と、そっくりなのだった。

やがて羽栖邸が見えてきて、雀千代は足を速める。悪意除けの結界の張られた門を軽く飛び越え、玄関に向かった。「瑠璃、我が来たぞ」といつも通り声をかけたが、応えはなかった。

「……何だ、いやに静かだな」

雨に包まれた羽栖邸は、うずくまった獣のように佇んでいる。雀千代は慎重に気配を確かめ、罠や敵意がなさそうなのを確認してから縁側の方へ回った。掃き出し窓をガタガタと開け、下駄を脱ぎ捨てて廊下に上がる。

「瑠璃、いないのか？」

屋敷は静まり返っていた。屋根に雨が当たる音だけが響く。空気はひやりと冷たく、湿り気を帯びて雀千代の体にまとわりついた。

「……おい、瑠璃？」

雀千代は邸内を歩き、そしてそれを発見した。

騒がしい笑い声に脳を揺さぶられ、瑠璃は目を覚ました。

（一体、何が……）

鈍く痛む頭を抑え、必死に記憶を辿る。掃除をしようと廊下を歩いていたら、屋敷にあるはずのない〈扉〉が現れ、瑠璃はその内へ引きずりこまれた。そこまでは覚えている。

そうっと薄目を開いて辺りを窺った。そこは使われなくなった廃倉庫のようだった。

広々とした空間だが、錆《さ》びた鉄箱やら折れた木材やらがいたるところに乱雑に積まれ、狭苦しい印象を受ける。曇った窓硝子は割れて、天井から吊り下がった裸電球が荒れ果てたさまを頼りなく照らし出す。

黴臭《かびくさ》く埃《ほこり》っぽい空気が淀む中、瑠璃は冷たい混凝土《コンクリート》の床に寝かされていた。

「まさかあの鷲尾商會の会長が景だったとはな。元は俺たちと同じ貧民窟の捨て子だったくせに、うまくやったもんだぜ」

知らない男の声が聞こえてきて、瑠璃は身を固くした。積まれた鉄箱の向こう、少し離れたところに四人の男たちが車座になっていた。皆薄汚れた服を着て、下卑た笑いを浮かべている。酒の臭いが鼻をついた。

「それでめでたく子爵令嬢と婚約とは、世の中不平等だよな。ちっとは痛い目見てもらわねえと。金の卵を産むはずの婚約者が傷ついたら、どんな顔するだろうなあ！」

下卑た笑いがゲラゲラと天井に響く。だんだんと状況が摑めてきた。

どうやらこの男たちはかつて景とともに貧民窟にいた人間で、成功を収めたように見える彼を羨《うらや》んで瑠璃を攫《さら》ったらしい。どうやって〈扉〉を開いたのかは不明だが、とにかくそのような理由なのだそうだ。

（勝手な言い分だわ……）

呆《あき》れると同時に、自分にとっては好都合かもしれないと思い直す。瑠璃はとにかくどんな手段であれ景から遠ざかるべきなのだ。瑠璃が景の命を脅かせないほどに壊されるのなら本望だ。

そんなふうに思考を畳んでふっと目を閉じたとき、男のひとりが「おい」と声をあげた。

「あのお嬢さんは今どうしてる？　そろそろ起こしてもいいだろ」

そう言って立ち上がり、ドスドスと足音を立てて瑠璃の元までやって来る。瞼の作った暗闇の中、強く髪の毛を引っ張られる感覚があった。ぶちぶちと髪の幾筋かが千切れる。

「起きろ、お嬢さん」

瑠璃は呻き声すらあげず、ゆっくりと目を開いた。自分の髪を摑む男をぼうっと見上げる。景より少し年嵩《としかさ》で、がっしりとした体つきの男だった。とても力では敵いそうにない。

けれども怯《おび》える様子もない瑠璃に、男が気味悪そうに顔をしかめる。

「連れて来るときに変なところをぶん殴ったか？　おい、自分が今からどうなるのかわかってんのか。あんたは婚約者のせいで俺たちに誘拐されたんだぜ」

「……私がどのような目に遭うとしても、旦那様のせいではないでしょう」

拐《かどわ》かしたのは男たちで景が指示したわけではない。男の言い分が不思議で、瑠璃はそこだけはハッキリさせておきたかった。

全てが終わった後、景がこう言われたら、頷いてしまうのではないかと思って。

その姿を想像するとやけに心臓が痛むから、そうではないと言い残しておきたかった。

男が目を丸くする。それから、ブッと噴き出した。

「ずいぶん肝の据わった女だな！　ご令嬢ってのはみんなこうなのか？」

「ご令嬢、ですか……」

髪を引っ張られて首を奇妙な角度に曲げつつ、瑠璃は呟いた。そもそも瑠璃はご令嬢ではない。無力なゆえにここまで流されてしまっただけの無才の人間だ。渚なら怯えたり泣いたりするのだろうか。

男は愉快げに笑いながら、瑠璃の髪を引きずって他の仲間の元へ戻る。荷物のように瑠璃を投げ出し、自分は床に胡座《あぐら》をかいた。

懐から紙巻煙草を取り出して火をつけると、煙をこちらに吹きかける。いがらっぽい妙な臭いが鼻から喉に流れ込んで、思わず咳《せ》き込んだ。

「お前もむかつく目をしてるな。俺たちを馬鹿にしてる目だ。景もそんな目つきで俺たちを見てたよ」

「旦那様が……？」

「そんなふうに呼ばれるような男かよ」

瑠璃のかすれ声に、煙草を咥《くわ》えた唇が捻じ曲がった。

「お嬢様は知らねえだろうが、あいつはゴミ捨て場に捨てられていたんだぜ。幽世で生まれたなんて言われちゃいるが、あれは真っ赤な嘘だ。どんな遊び女が産んだかもわからねえ浮浪児ってのがホントのところだ」

そんなことは知っている。

胸中で呟いて、瑠璃はしんと男を見返した。景から直接聞いたのだ。今さら心揺らぐこともない。

男は深々と息を吐き、揺蕩《たゆた》う煙を暗い目つきで見送った。

「そういうところに捨てられた子供が生き延びるには、綺麗事《きれいごと》なんざ言っちゃいられねえ。金持ちにへいこらして慰みをもらって、飢えて死んだ子供の服を剝《は》いで売って。そんな思いで生き抜いたって当然まともな仕事にも就けねえ。お嬢様には想像もつかねえだろうな」

裸電球の瞬く光が、男の顔に不気味な陰影を被せる。瑠璃は唾を呑み込み、もの静かに問うた。

「……旦那様もそうだと？　同じような環境にいた人間が幸福になるのが許せないのですか？」

「いいや」

男が瑠璃を見下ろす。その淀んだ目には、憎しみとも羨望《せんぼう》ともつかない色が浮かんでいた。他の男たちも息をひそめ、語りに耳を傾けているようだった。

「景は俺たちとは絶対的に違った。俺たちはあいつを徒党にも入れなかったよ。当たり前だよな。あいつには、俺たちの誰も持っていない武器がひとつあったんだから。あのお綺麗な顔がな」

嘲るような忍び笑いが男たちの間に走る。瑠璃はムッと唇を引き結び、次の言葉を待った。

「だからあいつは、金持ちのお情けをかき集める俺たちを軽蔑できたんだよ。あの顔がありゃ、あんな地獄からは楽々抜け出せるってわかってたからな。でもな、俺たちだってあいつを馬鹿にしてたよ。ただ見た目が綺麗なだけの奴なんか願い下げだ」

果たして本当にそうだろうか、と景に初めて会ったときのことを思い出す。あのとき彼は瑠璃を狒々から救い、全ては自分の力で得ると言って弁当を奪おうとした。いかにも令嬢然とした瑠璃に、決して媚《こ》びなかった。

景はそういう人だった。

男が息を強く吸い込めば、煙草の先がぽっと赤く光る。こぼれ落ちた灰が瑠璃の着物を焦がしたが誰も気に留めなかった。景が用意してくれた小紋の紫陽花《あじさい》柄に、踏み躙られたような黒ずみが残る。

「俺たちの予想通り、あいつはどこぞの祓い主に引き取られていった。そこでもご令嬢の付き人をやってたって話だ。どうせ顔で誑《たら》し込んだんだろうよ」

一座を沸かす嘲笑に、違う、と瑠璃の胸がひりつく。この者どもは何もわかっていないし、景をわかろうともしていない。

ただ綺麗なだけの男の子だったら、瑠璃は彼に手を差し伸べはしなかった。ままならない境遇と、それでも光を諦めきれない意地っ張りなところが似ていたから、あの男の子を放っておけなかったのだ。

気づけば身を起こしていた。振り乱れた髪の隙間から睨むと、男がつまらなそうに肩をすくめる。

「何だその顔。旦那様はそんな人間じゃないってか？　幽世で生まれ育ち、帝都最大の商會を束ねる、後ろ暗いところなんてひとつもない男だとでも？」

彼をそんなふうに思ったことは、出会ってから一度たりともない。

だって、瑠璃にとって景は――。

（私にとって、旦那様は何？）

喉が変なふうに震えて声が上手く出せないのがもどかしい。言い表すための言葉は、考えた端からするりと指の隙間をすり抜けていくようだった。

男は瑠璃の返事を待たずに続けた。

「あいつは特別な人間なんかじゃない。それを思い出させてやりたくてな。華族になんてさせるものかよ。悪いが、あんたには痛い目に遭ってもらう」

ざらりとした声で言い、懐に手を突っ込む。そこから取り出されたものに瑠璃はハッと息を呑んだ。

――拳銃だった。

「さっさと殺してやろうと思ったが、俺はあんたの目も気に入らねぇ。無様に怯えるところを見せてもらいたい気分だ」

男は弾丸をひとつ装塡《そうてん》すると弾倉を回す。これで、いつ弾丸が発射されるかはわからない。他の男たちがギャハギャハと耳障りな笑い声を立てた。

「今から一発ずつ撃ってやる。最初は足、次は腕、それから腹に肩に首……そうして最後は頭だ。いつ弾丸が出るか賭けようぜ」

黒々とした銃口が太腿《ふともも》にひたりと向けられる。だが瑠璃は男から目をそらさなかった。眉ひとつ動かさず、嗜虐に満ちた男の顔を見つめる。

いつ撃たれても構わない。ここで死んだら魂になって両親の待つ幽世へ行くだけだ。

ただ、気になっていることがあった。

「あなたは私を誘拐するときに、〈扉〉を使っていました。失礼ですが、あなた方に非認可の〈扉〉を開けられるとは思えない。誰かに唆《そそのか》されたのではないですか？　――あなたの憎悪は、本当にあなた自身のものですか」

「あぁ？　当然だろ、俺はずっと景を嫌って……」

激した男の瞳が突然焦点を失う。「あのとき、だれかが……？」と何か言いかけた唇が
だらしなく開く。だがすぐに正気を取り戻すと、不機嫌そうに吐き捨てた。

「そんなことはどうでもいいだろ。最初の一発だ」

太い指が引き金を引く。カチリ、と小さな音が鳴った。

不発だった。

「本当に顔色すら変えねえとは。大したお嬢さんだぜ」

男が鼻を鳴らす。撃鉄を起こし、今度は腕を狙った。

「それとも、助けが来るとでも期待してんのか？」

「……助け」

瑠璃は小さく呟いた。それは今まで瑠璃の人生には馴染みのないものだった。

「そうだ。例えば、景が来てくれるとかな」

「それは……ないと思います。私が誘拐されたことを旦那様が知る由がありませんから」

「なら、どうしてそんなに落ち着いてんだ」

からかうように銃口が顔に向けられる。その真っ黒な穴を見返し、瑠璃は淡々と答えた。

「私はいない方が旦那様のお役に立ちますから」

死が目の前にあっても、瑠璃はどうしても怖がれない。

瑠璃が景を想う気持ちが何なのか、わからない。けれど、少なくとも彼は瑠璃を救ってくれた恩人だ。だから少しでも役に立ちたかった。

ああそうか、と納得する。助けならもう来ていた。だから、瑠璃はその長らえた命で恩人の命を贖《あがな》うのだ。

カチリ、とまた音が鳴る。瑠璃はじっと拳銃を観察した。弾倉には六発の弾を込められるようだ。ならば撃たれる確率は六分の一。幼い頃に習った通りに計算し、それから考え直した。違う、男は六回撃とうとしているのだから、瑠璃の致死率は十割だ。

瑠璃の落ち着きぶりを見て、男が苛々と煙草を噛む。

「何が役に立つ、だ。綺麗事はうんざりなんだよ。お前が死ねば、景はきっと別の女を婚約者にするぜ。悔しくないのか？」

ぴくり、と瑠璃の肩がわずかに揺れた。男の目が愉《たの》しげに光るのを視界の端に捉え、瑠璃は浅く息を吸った。

瑠璃の代わりのご令嬢などいくらでもいる。だから景が他の女性を選ぶのは当たり前だ。それはいい。必要以上に自分を責めず、瑠璃を忘れて新たな出会いで前向きになってほしい。

（でも、そうしたら）

息が詰まる。暗い予感が胸をよぎった。

「そうしたら、あなたはその度に旦那様の婚約者を殺して回るのですか？　旦那様から幸福を奪うために？」

瑠璃の鋭い声に、男の唇が悪辣に歪む。

「どうだろうなあ、そうしてやっても構わねえよ」

「あなたは……！」

初めて瑠璃の顔色が変わった。元々白い肌から瞬く間に血の気が失せ、完全に青ざめる。着物の袖から覗く細い手が、ぐっと握り込まれた。

自分の代わりに他の少女がこの場にいるところを想像するとぞくりと総毛立った。たぶん瑠璃よりも生きている価値があって、景を幸せにできて、愛されるべき、欠けるところのない女の子だろう。

そういう子を、こんな汚れた悪意に晒したくない。

それにきっと、自分のせいで誰かが傷つけば景は自分を責める。自らが原因となった他人の傷に平然としていられるほど、心の冷たい人ではない。

唇を嚙み締めれば、決意が胸に萌した。

この男たちを自由にしておくわけにはいかない。将来の被害者を守るために、何より景の幸福のために。

（私ひとりが脅かされるだけなら構わない。だけど、罪もない人を巻き込むわけにはいかない……！　どうしよう、どうしたら……っ）

素早く視線を左右に走らせる。出口は男たちの向こうにあり、瑠璃の背後に逃げ場はない。どうやったって脱出は不可能だった。

「やっと怖くなったか？　そういう顔が見たかったんだよ」

嗤《わら》う男が引き金を引く。瑠璃はとっさに目を瞑って歯を食いしばった。

カチリ、と金属音だけが響いた。

「悪運の強いやつだ。だが、いつまで続くか見ものだな」

狼狽して立ち上がろうとする瑠璃を他の男たちが押さえつける。「今さら逃げようとするなよ」と銃口が強く肩に触れた。

（落ち着いて……私の生死はどうでもよくて。この男たちが犯人だとわかって、警察に捕まればそれでいいのよ）

だがそのためにはどうしたらいいのか見当もつかない。瑠璃の死体だけがこの廃倉庫に転がっていたら、犯人につながる証拠は見つからないのではないだろうか。指の痕で犯人が特定できるともいうが、それだって拭いてしまえばいい。

何もできない間に、引き金にかけられた男の指に力が込められる。瑠璃は息を止めてまた目を閉じた。

耳を打つのは軽やかな金属音。不発だ。ドッと大きな吐息を漏らす瑠璃に、男は煙草を床に吐き捨て靴で揉《も》み消した。苦い臭いがいっそう濃く立ち上って吐き気がする。

「しぶといな。じゃ、次いくぞ」

鎖骨の真ん中に銃口がめり込み、呼吸が詰まる。いくらもがいても押さえつける腕が増えるばかりで、打開策は見つからない。

これは罰なのか、と唐突に思う。瑠璃が誤った道を選び続けたから、神様だか仏様だかが苦果を与えようとしているのではないか。ならば一体、どこで、どのように、瑠璃は間違えてしまったのか。

首元で引き金が引かれる。カチリと鳴る音。痛みはない。

目をいっぱいに開いて息を荒らげる瑠璃に、男がいやらしく笑いかけた。

「これで最後だ」

額に固い銃口が触れる。残酷なほどの鉄の冷たさが瑠璃から抗《あらが》う力を奪っていく。倉庫のトタン屋根を打つ雨の音がやけに大きく聞こえた。

(誰か、どうか――!)

祈りは届かない。助けは来ない。地獄に救いの糸は垂らされない。今までの人生で嫌というほど無力感は刻まれていたはずなのに、瑠璃は気づくとそう願っていた。

こんなのはあんまりだ、と涙が眦に滲む。

瑠璃はただ、大切な人を守りたかっただけなのに。できることはあまり多くなくて、だから自分が消えるという単純な方法しか取れなかった。けれど世界は思うよりも複雑で、瑠璃の浅はかな策は通用しないのだ。

愚かさを断罪するように躊躇なく引き金は引き絞られ、弾倉が回る。撃鉄が雷管を叩けば、銃弾が瑠璃の額を撃ち抜くだろう。

ふ、と体全体から力が抜ける。抗いようもなく瞼を下ろそうとしたとき、視界の端に青い光がきらめいたのが見えた。

(……え?)

「――瑠璃!」

陰鬱な空気を払い退け、まっすぐに届くのはよく知った声。

弾かれたように顔を上げる。倉庫の出口には人影があった。こんなうらぶれた場所は似合わない、端麗な影。瑠璃がずっと眼裏に浮かべていた人。

色の失せた唇がわななき、勝手に彼を呼ぶ。

「旦那様……」

息のひとつも髪の一筋も乱さない様子の、鷲尾景がそこにはいた。ほの暗い倉庫の中で右目の青だけが鮮烈に光を放つ。美しいかんばせからはおよそ表情というものが拭《あやま》い去られ、内面は杳として知れない。見開かれた両目が、瑠璃とその周囲の男たちを過たず捉えた。

コツリ、と固い足音が倉庫に響く。

「俺の婚約者に薄汚い手で触れるな」

こちらの肌が粟立つほどに冷え冷えとした声だった。それで思い至る。彼は、完全に、完璧に、怒っている。いや違う。散々暴力を浴びた瑠璃にもこの気配は馴染みがない。こんなおどろおどろしい——殺意には。

銃口が額から離れた。男が愕然と顎を落とし、拳銃を景へと向ける。

「近寄るな！　撃つぞ！」

武器で狙われているというのに、景の白々とした表情は微塵も揺らがなかった。淀みない足取りで一歩踏み出し、視線をひたと男に据える。

「瑠璃から離れろ」

「おい、来るな！」

「警告はした」

景の右目が青く光った。と思った瞬間、男が「ぐうっ」と叫んで仰け反る。倒れた男の目からは正気の光が失われ、鼻から粘っこい血が流れ出ていた。

瑠璃はかつて、寝台で聞いた話を思い出す。景の右目は幽世と繋がっていて、人を狂わせることもできるのだと。

正体不明の攻撃に、震え上がったのは取り巻きの一同。先ほどまでの威勢はどこへやら、蜘蛛《くも》の子を散らしたように逃げていく。景は何も言わなかった。ただ無言で彼らを見つめ、一人ひとりを制圧していった。男たちは命乞いをする暇も与えられず、短い苦悶の声とともにびくりと体を痙攣《けいれん》させて次々に昏倒《こんとう》する。埃に覆われた倉庫の床が、赤いまだら模様に染まった。

あっという間の出来事だった。

背筋が薄寒くなるほど一方的な殲滅《せんめつ》だった。

しとしとと雨音が倉庫に響く。今やここに意識ある者は、瑠璃と景だけだった。

「探したぞ、瑠璃」

呆然と座り込む瑠璃のもとへ、コツリコツリと足音が近づく。

瑠璃の頭は真っ白で、ろくな返事もできなかった。体の芯が冷えて、それなのに心臓がどくどくと鳴って熱い血潮を頭に巡らせようとしていた。

男が倒れたときに手放したのだろう。瑠璃の足元には黒光りする拳銃が転がっていた。

景が魔眼を使うのを見るのは初めてではない。でも東屋の昼下がりでは、雀千代という妖相手だったからなんとなくその圧倒的な力を受け入れていた。

しかし今、同じ人間に対して魔眼の力を振るうさまを目の当たりにして、瑠璃の体は明らかに慄いていた。

じわじわと床を侵食する赤い汚れから目をもぎ離す。「瑠璃？　大丈夫か？」と訊ねる声がやたら遠く聞こえる。

おそるおそる見上げれば、景はたった今何人もの男を倒したとは思えないほど心配そうに眉を曇らせていた。

「あ……」

「よかった、特に怪我はなさそうだな」

目が合った瞬間、景の口元がぱっと綻ぶ。端正な顔にはっきりと微笑みを見て取って、瑠璃は胸を衝かれた。

（私は……この人を）

それが嗜虐の笑みなら耐えられなかった。けれど初めて会ったときと同じ、瑠璃を守れて満足そうな笑顔だったから悟ってしまった。

この人は紛れもなくあのときの少年と同一人物で、何があってもどんなやり方でも瑠璃を守ろうとするのだと――信じられてしまった。

すうっと、瑠璃の体から震えが引いていく。足は萎《しな》びたようで立ち上がれないが、せめてもと冷えた両手を擦り合わせた。指の先まで血が巡って、こわばりがほどける。そのまま気合いを入れるため、ぱちんと自分の両頬を挟んだ。景が戸惑ったように足を止める。

「何を……？　もしかして平気ではないのか？」

「いえ、無事です。旦那様、助けていただいてありがとうございます」

発した声は己でも驚くほど芯が通っていた。大丈夫、と自身に言い聞かせる。先ほどまでの怯えた自分はどこにもいない。

瑠璃は首を傾げて訊ねた。

「どうして、ここがおわかりになったのですか？」

「ああ、それは……」

「我が教えたのだ」

言いさした景を遮り、出口からひょこりと小さな顔を出したのは雀千代だった。しとどに濡れた漆黒の羽根をばさばさと羽ばたかせて飛沫を払い、倉庫を見回して「なんともこれは」と眉をひそめる。

「魔眼の賓よ、派手にやったものだな。こいつらが原形を留めていることが奇跡に思えるぞ」

「命までは奪っていない。粉微塵にしてやりたかったが我慢した。なぜこんなことをしたのか、きっちり突き止めてやらないといけないからな」

景が冷静な口調で答えるのを、雀千代は疑わしそうな半目で聞いていた。

「ふーん？　貴様なら、もっと穏当に拘束できそうなものなのにな？」

「何が言いたい？」

「いや、掌中の珠《たま》を奪われれば誰しも手元が狂うのが道理か。瑠璃、よかったな。この程度で済んで」

朗らかに瑠璃へ笑いかける雀千代を、景がしっしと追い払う。

「雀千代、警邏《けいら》を呼んで来い」

「なぜ我が？　偉大な大天狗になる我は、人間の使い走りなどしないぞ」

「残党がやって来る恐れもある。そのとき瑠璃を守り切れるのか？　それに雀千代の方が身軽で早い」

景に諭され、雀千代はぐぬぬと頬を膨らませる。しかしすぐに羽根を広げると「おとなしく待っておれ。瑠璃にめったなことをするでないぞ」と言い残して姿を消した。

雨は降り続いている。倒れ伏した男たちに意識を取り戻す様子は見られない。

倉庫にはどこか空々しい沈黙が流れた。

「……瑠璃、無理して強がるな」

雨音に紛れさせるような、密やかな景の囁きが空気を震わせた。瑠璃はしゃがみ込んだまま、ふっと差し仰ぐ。

景は苦笑とも嗤笑《ししょう》ともつかぬ、曖昧な笑いを繕っていた。

「瑠璃は俺に怯えていただろう。当然だ。手も動かさずに人を殺しかける男を見て、怖がらない人間がいるものか」

どれだけ注視しても、景とは視線が合わなかった。彼はスーツのポケットに両手を突っ込み、血溜まりに倒れた男たちを睥睨《へいげい》している。周囲には、黒鉄《くろがね》の糸が張り巡らされているような張り詰めた空気が漂っていた。

「……ですが、旦那様は私を守ろうとしてくださったのでしょう」

横顔に向かって答える。けれどその面持ちはわずかも緩まなかった。

ほとんど唇を動かさずに、景は応じる。

「そうだな。商館に駆け込んできた雀千代に、瑠璃が屋敷にいないと知らされて。ここに来るまでは確かに瑠璃を助けようと考えていた。だが……この野郎どもをぶちのめすときに俺が考えていたのは」

すっと首が動き、両目が瑠璃に据えられる。黒い瞳にも、青い瞳にも、暗い熱が熾火《おきび》のように奥底で燻《くすぶ》っていた。

「あなたを返り血で汚したくない、という一点だけだ。あんな奴らのせいで瑠璃が汚されるのは許せない」

瑠璃は押し黙った。なんだかよくわからない情念だった。

だが、何を言われようともはや瑠璃は景とあの男の子が同じだと知っている。

ならば今さら彼に怯えるわけもなかった。

景は忠告するように話し続ける。

「瑠璃は怖がっていい。俺に怯えていい。だとしても、俺は絶対に瑠璃を傷つけない。……少なくとも、物理的には。瑠璃の心までは俺の手の及ぶ領域ではないから、約束できないが」

自信なさげに付け加えられた一言に、瑠璃は頷いた。

「わかりました。覚悟が決まりました」

「覚悟？」

右目を眇《すが》める景を前に、瑠璃はそろそろと立ち上がる。がくがくと膝が笑ったが、深く息を吸い込んでなんとか体を支えた。窓から風が吹き込んだのか、埃っぽい空気の中に雨と土の匂いが入り混ざっていた。

「旦那様、そこに立っていただけますか」

「構わないが、どうした？」

怪訝《けげん》そうにしながらも、景は瑠璃の指差す場所で立ち止まる。素直だった。たぶん景はあの男の子だから、その忠心から瑠璃を疑うなんて思いもよらないのだろう。

ならば瑠璃は、自分の行いの始末を自分の手でつけなければならなかった。

素早く銃を拾い上げる。ずっしりとした重みが手のひらにある。けれどしっかりグリップを握りしめて、ぶれずに銃口を景に向けた。

男が撃つのを見たからやり方はわかる。撃鉄を起こし、狙いを定め、引き金を引く。弾倉には銃弾が一発残っているはず。

照準の先では景が目を見開いていた。魔眼が不穏な光を増していく。だが何かに追いつかれたようにふっと力を抜くと、薄く笑って肩をすくめた。

「結局未来視の通りになったというわけか。まあ、最期に見るのが瑠璃お嬢さんなら悪くない。本来なら望むべくもない幸運だ」

穏当な輝きとなった右目と左目で、景はじっと瑠璃を見つめていた。

瑠璃は人差し指に力を込めた。

「――ごめんなさい、旦那様」

銃声。

耳をつんざく轟音を置き去りに、景の胸元にぱっと散ったのは烏大狗の羽根だった。

「は……」

景がわずかによろめいて、胸に手を当てる。仕立てのいい上着に穴ひとつ空いていないのを確認し、瑠璃はほっと銃を下ろした。

「よ、よ、良かった……っ」

情けなく震える唇で呟き、へたへたとその場に崩れ落ちる。拳銃が床に落ちた。その黒々とした鉄の塊が怖くなって、ずりずり後退って距離を取る。銃撃の反動をまともに食らったからか両腕が痛い。景が血相を変えて瑠璃に駆け寄ってきた。

「瑠璃⁉　まさか、今のは……」

肩を抱えるようにされて、瑠璃は辛うじて倒れずに済んだ。支えてくれる景の手に触れれば、いつもは冷たいそれがなんだか温かく感じられた。

「は、はい。雀千代さんの、守護が込められた羽根です」

雀千代を助けた礼としてもらったものだった。門前で渚に会ったあと、瑠璃はあれをこっそり景の上着の裏側に忍ばせておいたのだ。烏天狗の羽根は、持ち主を守護するのだと雀千代に確認して。

「あの東屋のときのものだな。だがあれは瑠璃に渡されたものだ。なぜ俺に？」

驚いたように言う景に、瑠璃は口をつぐむ。圧し殺した声で「言え」と脅されてやっとぽつぽつと答えた。

「旦那様が、悪意除けの結界で私を守ろうとしてくださっていると知って……。私も、旦那様をお守りできればと思ったのです。特に、未来視のことがありましたから」

未来視、と言った瞬間、景の周りの温度が冷えた。自分ごときが心配するなんて不快にさせてしまったか、と首を縮めたが、景はそっと瑠璃の肩に額を押し当て「そうか」と嘆息を漏らすばかりだった。

「なんとも瑠璃らしい。だが俺は、あなたが自分の身を大切に守ろうとする方が嬉しいのにな。……こんなところに身ひとつで攫われて、怖くはなかったか？」

「最初はそれほどでも。私はずっと、自分さえいなければいいと、どんな目に遭っても構わないと考えていましたので」

今から思えば、ただの思考停止だ。景の顔を見てようやくわかった。

「旦那様はずっと私を守ろうとしてくださっていたのに、短絡的で楽な方に流されてしまいました。あまつさえ、帝都を出て行こうとしていました。旦那様から離れれば守れると思って」

けれど、迷わず助けに来てくれた景とかつての少年が一本の線で繋がって、瑠璃はもう逃げられなくなった。瑠璃が二度と「瑠璃お嬢さん」には戻れないとしても、目の前の誠実な人に背を向けるのは、遠野家で虐げられても手放さなかった羽栁瑠璃の生き様が許さなかった。

それに何より、いつの間にか景が本当に大切な人になってしまった。いつ投げ出したっていい、瑠璃の軽薄な命ごときで守るのは嫌なくらいに。彼からもらった数えきれない温かなものを、どうにかして可能な限りたくさん返したかった。

ずっと空っぽだった瑠璃の心の真ん中に、いつしか景が在るようになっていたのだ。

「ごめんなさい……」

ふがいなさは弱々しい謝罪となって口からこぼれる。景ががばりと顔を上げた。

「謝るな」

瑠璃をまっすぐに見つめ、力強く言う。

「瑠璃が悪いことはひとつもない」

「いいえ、あります。逃避は私の罪です」

「そんなことはない。瑠璃はいつだって逃げて良かった。俺からも……遠野家からも」

景はこちらのまつ毛の震えさえ見抜くような鋭い瞳を向けてくる。それでも瑠璃は唇を嚙み、懸命に彼を見つめ返した。

景が低く呟く。

「……なぜ瑠璃は俺を撃った。あれは未来視を実現しようとしたな？　しかも、俺を殺さない形で」

瑠璃はゆっくりと頭を縦に振る。その通りだった。

確かに景が視た未来の先では、瑠璃が彼を殺していたのかもしれない。だが、あくまでも未来を映像として視るというなら、景を害さないようにそれを実現してしまえばいい。

最も確度の高い危険な未来を、安全な現在にするのだ。

最悪の未来を回避するのではない。全て支配下に置いた上で現実にする。

魔眼の映す未来の映像をすり替える。

それがあのときとっさに瑠璃が思いついた手だった。

引き金を引いたときの重たい感触がまだ指に残っている。照準越しの景の悲しい笑顔が瞼に焼きついている。悪夢のような記憶の残滓《ざんし》を振り払おうと拳を握りしめると、景の手が瑠璃の手を柔らかく包み込んだ。

そのままぎゅっと抱き寄せられる。何も答えられない瑠璃に、全てわかっているとでもいうように、景は囁いた。

「瑠璃は――瑠璃お嬢さんは何も変わらない。誰が何と言おうと、俺の目はごまかせない」

凪《な》いだ声音は鼓膜に染み入るようで、瑠璃の体からぐったりと力が抜ける。胸底から込み上げてくる温かなものに大きく息を吸った。それでも喉が震えるのを堪えきれなくて、慌てて口を開いた。

「わた、私、は……まだ、旦那様のおそばにいても良いですか……？」

みっともなくひっくり返った声で、それでも必死に言葉を紡ぐ。どれほど不格好でも、今伝えなければ、この気持ちは正しい輪郭を取らない気がした。

「もう、逃げません。自分自身にも、旦那様にも、ちゃんと向き合いたいんです」

景が優しく瑠璃の頭を撫でる。「もちろんだ。離れるものか」と囁く声は掠れていた。

瑠璃の目尻からぼろっと大粒の涙がこぼれて頬を濡らす。嗚咽を圧し殺すのは得意だったはずなのに、しゃくり上げるのをどうしても抑えられない。そば降る雨の音にはっきりとすすり泣きが混ざり、瑠璃はとうとう景の胸元に顔を押しつけた。

倉庫の天井に咽《むせ》びが吸い込まれていく。声をあげて泣くのは何年ぶりだろうか。産声みたいだと、少し思った。

「いくらでも泣けばいい。俺はずっとそばにいる」

景は当然だとでもいうように、震える瑠璃を抱きしめ続けていた。


――警官を呼んで戻ってきた雀千代に「貴様ぁ！　瑠璃を泣かすとは何事だ！」と景が怒られるのはまた別の話。


その後ふたりは警官から事情聴取を受け、諸々が終わって屋敷に帰り着いたのは夜もだいぶ更けた頃だった。

「今日は疲れただろう。もう寝た方がいい」

寝支度を済ませた景が、寝台に腰掛けながら瑠璃に言う。

さすがの彼にとっても長い一日だった様子で、洋燈に照らされた顔には疲労の色が濃い。

寝室の入り口に立つ瑠璃も小さく頷き、重い体を引きずって寝台へと向かおうとして――

ぴたっと足を止めた。

（……わ、私、旦那様と同じ寝台で眠るの？）

今までもそうしてきたのだから当然である。それなのに突然動けなくなってしまって、瑠璃は困惑した。

「瑠璃？」

景が怪訝そうに首を傾げる。洋燈の淡い光を映した瞳のきらめきや、しっかりした首筋がやけにくっきりと見えて、瑠璃はその場に棒立ちになった。

「わ、私は……」

心臓が声高に存在を主張し始める。ドクドクという鼓動が耳元で聞こえて瑠璃はぱっと手をやった。普段よりも熱い肌が、強く脈打つ感触がある。変だ。今までこんなことはなかったのに。

瑠璃は廊下と寝室の境に立ち尽くし、弱々しく言った。

「申し訳ありません……今夜は、別の部屋で眠っても良いでしょうか？」

「えっ」

ぎょっとしたのは景の方だ。勢いよく立ち上がり、瑠璃のもとへ歩み寄ってくる。

「どこか具合が悪いか？」

「いえ、その……」

「あいつらに眠り薬を嗅がされたようだから、その副作用かもしれない。早く休め」

心底心配そうに瑠璃の顔を覗き込む。それでもう瑠璃はまともに目を合わせられなくなってしまって、ぴゃっと一歩飛び退《の》いた。

「瑠璃！」

危うく寝室の壁にぶつかりそうになった瑠璃の腕を景が掴んだ。そのまま瑠璃の頭を抱えるように自らの胸元に引き寄せる。突如として近づいた距離に、瑠璃はひぃっと珍妙な悲鳴を上げる羽目になった。

「本当にどうしたんだ。様子がおかしいぞ」

「あの……っ」

挙動不審なのは瑠璃とて承知している。でも駄目なのだ。自制できない。こうしている今も景の体温を至近に感じて、昏倒しそうなのを一生懸命堪えているのだ。

「ご、ごめんなさい……なぜだか急に、緊張してしまって。旦那様とひとつの寝台で眠るのが、難しく感じられます」

炙《あぶ》られるように顔が熱い。特に頬には血が集まって、恐ろしく赤くなっているのではないかと思う。拍動は相変わらずせわしなく、一向に落ち着く気配を見せない。

こんなのは初めてだった。恐怖でも痛みでもない何かで、体の自由が利かなくなるというのは。

「……ほう。なるほど」

どこか愉快そうに笑声を漏らしたかと思うと、景はちょっと体を離してまじまじと瑠璃を熟視する。探照灯で精査されているかのような、全てを暴かれてしまいそうな視線に耐え難くなって、瑠璃はぎゅっと目を瞑った。

景がそっと瑠璃の頬に片手を当てる。いつも低い景の体温が、このときばかりは有り難かった。

「俺と眠るのは嫌か？」

「嫌、では……ありませんが……」

ただ、どうしても体が言うことを聞かないのだ。いままで共寝した夜の気配がありありと脳裏に蘇る。静かな寝息。自分のものではない匂い。ささやかな衣擦れ。窓からこぼれる月光の密やかさ。

どれを取っても今の瑠璃には刺激が強すぎて、とても眠れるとは思えない。

「い、一応未来視は実現したのですから、もう私を監視する必要もなく……寝床もわけてしまってよろしいのではないでしょうか？」

「確かに一理あるな」

「そうでしょう」

「でも嫌だ」

「嫌だ⁉」

あまりにも子供っぽい返事に、思わずぱっと目を開ける。途端、こちらを凝視する秀麗な顔が視界に飛び込んできて、ううっと呻いた。何だか目まで潤んでくる。悲しいわけではないのに。

「ひとりで眠るのは寂しい。夜、目を覚ましたときに瑠璃が隣にいてほしいんだが……駄目か」

景が切なげに眦を下げる。そういう表情をされると瑠璃が断るのは難しい。なんだかこちらがとても酷いことを申し出ているような気持ちになってくる。

「ええと、ですね……」

それに、今までは気にも留めていなかった景の顔の美しさが眩しい。ずっと見ていると正常な思考を奪われそうだ、と瑠璃は目をしぱしぱさせた。それでもやまない眩《まばゆ》さに圧されてうつむくと「どうしてこっちを見てくれないんだ」といじけたような声が降ってくる。

「瑠璃の顔をよく見たい」

「ですが、今の私はお見苦しく……」

顔全体が赤いし、こめかみには汗が滲んでいるし、とても見られたものではないだろう。頑なに下を向く瑠璃の顎の線を、景がするりと人差し指で辿った。

「そうか？　それなら俺は寝台でじっくり瑠璃の顔を観察するのでも構わない。どちらが良い？　選べ」

「ええっ⁉　あの、では……その……」

そろそろとおもてを上げると、景は本当に嬉しそうに笑んで、ひんやりとした手で瑠璃の両頬を包んだ。

「ああ、やはり見苦しいわけがないな。それで、一緒に眠ってくれるか?」

「うぅ……」

顔には熱がこもって、頭がのぼせてくらくらする。心臓はもうずっとバクバクと高鳴り続けていて、稼働年数をみるみる消耗している気がする。

(い、今は何のお話をしているのだったっけ……?)

浅い呼吸を繰り返し、何を提示されているか吟味もできぬまま頷こうとしたとき。

「……いや、今の俺は瑠璃の善意を利用しようとしているな」

頬に添えられていた手が離れ、景が一歩後ろに下がった。

「へ……」

「すまない。可愛らしいことを言ってくれるものだから、つい抑えが効かなくなった」

その顔には先ほどまでの愁いは欠片もない。むしろ子供を見守るような大人びた笑顔が浮かんでいた。

突然の解放に瑠璃は両手で胸元を押さえ、おずおずと景を差し仰ぐ。

「つまり……?」

「瑠璃が緊張するというなら、別々に寝よう。少なくとも今夜は俺が客間で眠る。そもそも俺たちは婚約者なのだから、その方が自然だ」

「そうなのですか……？　ですが私の我が儘《まま》ですから、私が客間で寝ます。旦那様は寝台をお使いください」

「駄目だ、瑠璃が寝室にいろ。ここには一番強力な結界を張ってある」

瑠璃には結界を感じ取れないため、それが嘘か真か判別できない。何も言えないでいると「それにしても」と景がぐしゃぐしゃと髪をかき混ぜた。

「こんなことを言われるなんて思ってもみなかった。てっきり、瑠璃は共寝なんて何とも思っていないものかと」

話しているうちに、手のひらの下でだんだんと激しい鼓動が収まっていく。どうやら瑠璃の心臓は景と一定の距離に近づくと轟《とど》ろき、離れると穏やかになる。そういうふうになったらしい。

瑠璃は指先で顎を摘み、だいぶ平静を取り戻した頭で返事を捏《こ》ね回した。

「……私のどこかが変わってしまったようです。先ほどからも、旦那様のお顔がやたら輝かしく見えて仕方がないのです。旦那様にはお変わりがないはずなのに」

捏ねた割に大味な答えしか生まれなくて自分でもがっかりだった。景が苦笑する。

「……そうか。まあ、この顔にも使い途があって良かった」

その笑みを見た瞬間、倉庫で男が吐き捨てた言葉が呼び覚まされた。景を綺麗な見た目だけと嘲り、絶対に仲間には入れなかったと豪語していた醜い言葉の連なりを。

ひとり目覚めた夜の暗さと静けさ——その寂しさを、瑠璃だって知っている。

「あ、あの、旦那様っ」

寝室を出ていこうとする景に、瑠璃はとっさに声をかけていた。

「い、一緒に眠るのは、無理なのですが……他に、私にできることはありませんか？」

景は眉を上げ、少し考えるように視線を落としてから瑠璃を見やった。

「それなら、次の休みに瑠璃の時間をくれないか」

「もちろんです。お安い御用です」

瑠璃が大きく頷いてみせれば、景はちらと笑みを閃《ひらめ》かせた。苦さはどこにもない、いつになく晴れやかな笑顔だった。

「よかった。なら俺と帝都でデートをしよう」

「は……い⁉」

デート、とは。

言葉の意味が脳に届いてビシリと固まっているうちに、景は「おやすみ。休みを心待ちにしている」と微笑の余韻を残して軽やかに立ち去ってしまう。呼び止める隙もなかった。

（デ、デートなんて……そんなの初めてだわ……）

寝室に取り残された瑠璃は、よろよろと洋燈を消して寝台に潜り込む。長く息を吐くと、今まで胸底に淀んでいた暗い思いが溶けて消えていくようだった。

いつの間にやら雨は止んで、窓から差し入る銀色の光が夜の静寂をゆらゆらと揺らす。

（私、上手くできるかしら……。だいたい、どうして旦那様はそんな提案を……？）

目を瞑ればすぐに疲労が押し寄せてきて、瑠璃は不安を覚える間もなく眠りに落ちた。


次の休日は、梅雨明けの快晴だった。

ひとつ季節の進んだ空は薄雲の帳《とばり》を取り払い、澄み切った青色を湛えている。

瑠璃は屋敷の門をくぐり、照りつける昼の日差しの眩しさに目を細めた。

「妖が寄りつくといけないから、なるべく俺から離れないように」

「は、はいっ」

門扉に鍵を掛け終えた景が、自然な仕草で手を差し出す。眼前に広げられた大きな手のひらに、瑠璃はきょとんと首を傾げた。

「……何か私からお渡しするものがあったでしょうか？」

「そうではなく、手を」

「手、を」

ぽけっと繰り返す瑠璃に焦れたように、景が瑠璃の左手を取る。そのまま歩き始めてしまって、瑠璃は急いで足を動かした。

「えっと……」

手を繋いで歩いている、という事実を認識するのに数瞬かかった。手を引く力の強さを感じた瞬間、どきん、と心音が跳ね上がる。

「あの、旦那様、よろしいのですか？」

「当然、良いに決まっている」

ときおり通りすがる人が微笑ましげな目線を向けてくるが、景は気にも留めていないようだ。ちらりと瑠璃を振り向いて、結ばれた手を軽く振る。

「こちらの方がいざというとき守りやすい」

「ああ、そうなのですね」

納得した瑠璃に、景が「それと」と追撃を放つ。

「瑠璃が誰の婚約者なのか、周囲に知らしめておきたいからというのもある。特に今日は、とても綺麗な格好をしているから。……よく似合っている」

「あ、ありがとうございます……」

嚙み締めるように加えられた最後の一言に、瑠璃は胸を撫で下ろした。今日のデートなるもののために、瑠璃はあれこれ少ない知恵を巡らせて、景の隣に立っても恥ずかしくない着物を選んだのだ。

（お気に召していただけたみたいで、良かった）

瑠璃がまとうのは、空色の地にいくつも白百合が描かれた絽《ろ》の小紋。背に垂らした髪は絹紐で半結びに括っている。

瑠璃にはデートの経験がない。相談できる友人もいない。

だから渚が優秀な祓い主の男性と出かけるのを見送った記憶を頼りに、それらしい格好を整えたのだ。

なお雀千代に「デートとは何をしたら良いと思いますか？　何を着ていくのでしょう？」と聞いてみたが「ふむむ？」と顔をしかめられた挙げ句「……我は偉大なりし烏天狗だが、わからないこともある」と困らせてしまっただけだった。

一応、雀千代も色々な着物を着てみる瑠璃に向かって「それは地味ではないか？」「もっと華やかな方がいいのではないか？」と言ってはくれたが、烏らしい習性なのか、とにかく金糸や銀糸がふんだんに使われたきらきらしいものが好みということが判明したため、あえなく進言は却下となった。

ちら、と先を歩く景の姿を見つめる。景は珍しく和装だった。銀白色の着流しに紗《しゃ》の黒羽織という簡素な装いでもどこか目を引くところがあって、若い女性とすれ違うと人妖問わず必ず注目されていた。すらりと背筋を伸ばした姿勢とまっすぐ前を向く双眸が、彼の容貌を際立たせているのだろう。

（せめて格好だけでも、旦那様の婚約者にふさわしくありたいもの）

中身が伴っていないと自覚しているから、なおさら。

瑠璃は握られた手に目を落とし、握り返そうか少し迷い、やめた。代わりに今日の予定を訊ねる。

「本日はどちらへ？」

「まずは甘味処《あまみどころ》へ行こうと思う」

「承知いたしました」

素直に返事をしたものの、はて、と考え込む。景は別に甘いものが好きというわけではない。瑠璃もとりわけ好む方ではない……と、いうより久しく縁がない。彦蔵《ひこぞう》や浜子《はまこ》が氷菓《ひょうか》やらケーキやらを土産に持ち帰ることもあったが、それらは全て渚《なぎさ》の口に入り、瑠璃には一欠片も与えられなかった。

（どうして甘味処かはわからないけれど、デートの定番なのかしら。……旦那様だって、どなたか別の女性とお出かけをしたこともあるでしょう。それで評判が良かったところなのかもしれないわ）

勝手に想像をしておきながら、胸がどうにも重く撓《たわ》む。

そうして導かれた先、連子窓《れんじまど》に藍染めの暖簾がかかった門構えを前にして、瑠璃はぱたりと目を瞬かせた。

「ここは……」

景は覚えているのだろうか。そこは、まだ両親が生きていた頃、よく訪れた甘味処だった。

「い、いえ。参ります」

「やめておくか？」


お仕着せを着た店員が出迎えて、ふたりを窓際の席へと案内する。店内には女学生らしき姿が多く、一斉に景を見て、それから手を辿って瑠璃に刺々《とげとげ》しい視線が向けられた。

(旦那様はお綺麗な方だけれど、こんなに注目を浴びるのね)

一挙手一投足を不躾《ぶしつけ》に観察されるのは居心地が悪い。けれども景は慣れた様子で歩を進め、女学生たちには一瞥《いちべつ》もくれなかった。

「瑠璃、席はこちらだ」

歩みが遅れがちになった瑠璃の手を、景が軽く引き寄せる。「何か気になることでも？」と振り向く景の顔には気負いがなくて、それだけで萎縮した心がゆるりとほどけていくような気がした。

それに店内の調度を見回せば、そんなことを気にしている場合ではなくなっていった。

ここを訪れるのは八年ぶりだ。遠野家に引き取られてからは、当然ながら甘味処になど連れてきてもらうことはなかったから。

見渡せば、隅の席に家族連れがいるのに気づく。小さな女の子が両親にあんみつを食べさせてもらっているのを見て、瑠璃の胸がきゅんと痛んだ。

促される通りに席につき、差し出されたメニューを確認する。

いくつか入れ替わりがあるものの、あんみつや団子など、主なものは変わらない……ような気がする。

「どれにする？」

「そう、ですね……」

答えあぐね、震える指でメニューをめくった。墨で書かれた文字の上を視線が滑る。

何を選べばいいのか、ちっとも思いつかなかった。

（私……昔は、何を食べていたかしら）

思考には靄がかかったようで、ひとつも思い出は浮かんでこない。あの頃、両親と何を食べたのか。

ならば今選ぶべきものを、と最初からメニューを辿り直しても弱り果てるばかりだ。当然ながらどれも美味しそうで、何を供されたって喜んで食べるだろう。

今の瑠璃には好き嫌いがないのだから。

（いえ、違うわ）

――今の瑠璃には、好きな食べ物なんてひとつもない。

こわばった瑠璃の手から、さっとメニューが取り上げられる。

向かいに座す景が注意深い目つきで瑠璃を見つめていた。

「よければ俺が頼もう」

「お、お願いします……」

景が店員に何かを頼んでいるのを目の端に捉え、瑠璃は重たい息を吐く。手のひらがじっとりと濡れていた。

「平気か？」

「だ、大丈夫です。楽しみです」

気遣わしげな景にぎこちない答えを返す瑠璃の元へ、運ばれてきたのはクリームあんみつだった。

玻璃の器に、シロップ漬けの果物、寒天や餡子《あんこ》が盛られ、その上にアイスクリームが乗っている。黒蜜の入った小さな壺《つぼ》が添えられていた。

景の前には珈琲《コーヒー》が置かれていた。特に砂糖を入れることもなくカップに口をつけている。やはり景が食べたいものがあってここへ来たわけではなさそうだ。

瑠璃はゆっくりと匙を持ち上げ、四角く切られた寒天と餡子を掬《すく》う。そういえば、と壺へ目線を送った。そうだ、このお店では自分で黒蜜をかけるのだった。

慣れない手つきで蜜をかけ回していると、耳の奥に柔和な声がこだまする。

『瑠璃、こぼさないように気をつけてね。好物だからって、焦ってはいけないわ』

本当に母にそんなふうに言われたのかはわからない。けれど瑠璃はいっそう慎重に蜜をかけた。

ぱくりとあんみつを口に運ぶ。

「……どうだ？」

景はカップから手を離し、じぃっと瑠璃を凝視している。瑠璃は舌の上に広がるとろりとした甘さを堪能し、咀嚼《そしゃく》し、飲み込んだ。

「……美味しい、です」

ぽろっとこぼれ落ちたのはそんな言葉だった。これ以外に思い浮かばない。急に記憶が蘇ったり、涙を流したり、感動的なことは起こらない。

しかし、そんな素朴すぎる感想にも景は柔らかく眦を緩めた。

「そうか、今の瑠璃も同じように感じるわけだな」

「今の、ですか？」

「ああ、瑠璃お嬢さんはこれがいっとう好きだった。記憶にあるか？」

「え……？」

思わず匙を器に置いた。まじまじと景を見つめてしまう。彼は確信を持った表情で瑠璃を見つめ返してきた。

自分自身でさえはっきりとは覚えていない、もう戻らない日々。

それを、景はまだ記憶しているというのだろうか。

いやそれよりも。

「だから、連れてきてくださったのですか……？」

そろそろと訊ねると、景はしっかりと頷いた。

「その通りだ。せっかくのデートだから、瑠璃には喜んでもらいたい。……今の瑠璃に、好物やら気に入りの場所やらを聞くような、尋問じみた真似はしたくないからな。もちろん、瑠璃にやりたいことがあれば、そちらを最優先にする」

「そのようなものは、特にございません、が……」

瑠璃に好き嫌いすらない事実まで見透かされているのか、と信じられない思いだった。デートの定番だから来たのではないかと軽く考えていた自分が恥ずかしくなる。

景は顔つきを引き締め、厳かに宣言した。

「今回の目的はそれだけではない」

その口調に揺るぎはない。

「今日は瑠璃お嬢さんが好きだった場所を巡る旅だ。確かに瑠璃は遠野家で酷い目に遭わされた。だが、人間がそう簡単に変えられてたまるか。どんな暴力でも奪えないものは必ずある。今と昔が繋がる部分が絶対に存在するはずだ。瑠璃が自分を信じられるように、それを見つけよう」

こちらを見据える瞳の強さに釘付けにされて、瑠璃は指先ひとつ動かせない。

それでも何とか口をこじ開けて、噛み締めるように言った。

「……本当に、そう思われますか」

「俺は確信している。あとは瑠璃が信じるだけだ」

自信に満ちた声音に、瑠璃はぎゅっと唇を引き結ぶ。

景に付いて行ってみようと、決意を固めて。


宣言通り、景は帝都の様々な場所へ瑠璃を連れて行った。

よく遊んだ広場や、行きつけの呉服屋、何度か訪れた芝居小屋。瑠璃はその風景に懐かしさを覚えたり、覚えなかったり、色々だった。景はどんな反応にも落胆するそぶりを見せなかったから、初めは気負っていた瑠璃も、素直に感情を表に出せるようになった。

それなので、呉服屋で景が瑠璃に着物を仕立てようとするのをなんとか止めることにも成功した。

「も、もう十分着物はいただいておりますから、平気です」

「だが、いくらあっても良いだろう。俺はこの柄の着物を着た瑠璃を見たい」

景が示すのは、緋色地に、風になびくような椿の紋様が描かれた反物だった。それを見て、瑠璃が胸を揺さぶられたのは確かだ。椿はかつて瑠璃が持っていて、そして浜子や渚の手によって奪われた髪飾りの意匠で、緋色地は母が好んで着た色だった。

しかし瑠璃はぷるぷる首を横に振り、着物を仕立てさせようとする景の袖を掴んだ。

「そ、そんなにたくさん着物をいただいても、私には着こなせず……っ。それに、こんな高価なものをいただくわけには……っ」

「瑠璃に不自由させない程度の財力はあるつもりだが」

景が苦笑をちらつかせる。

「そ、それは存じておりますが……、今日はそういう日ではございませんし……！」

「では、また別の日ならいいのか」

しょんぼりと残念そうな顔をされると、瑠璃もたじろいでしまう。

「別の日であれば、確かに……？」

疑問符を浮かべながら諾《うべな》うと、景がぱっと顔を明るくした。

「それならまた来よう。約束したからな。違《たが》えるなよ」

何だか上手く言いくるめられたような気もするが、呉服屋を後にする彼の足取りが弾んでいたので、まあ世はこともなしである。

そして最後に訪れたのは――。

「私と旦那様が、初めて会った場所、ですね」

八年前に狒々に襲われた、寺社の境内だった。ぐるりを囲む木々は青々と繁《しげ》り、ひと気はない。

だいぶ傾いた太陽が二人の足元に長々と影を伸ばし、黄昏の気配が辺りに迫っている。

「こう見ると、狭いな。それに大通りから外れていて、お嬢さんが来るところではない」

景が呟いて、片隅に置いてある木の長椅子に腰掛けた。瑠璃がその傍らに影のように立つと、じろりと睨まれる。

「隣に座れ」

「は、はい」

景は丁寧に手巾まで敷いてくれた。恐縮しながらその上にちょこんと座れば、景は満足そうに頷く。それから瑠璃を見つめて問うた。

「今日は、どうだった？　何か見つけられたか」

「そう、ですね……」

瑠璃はつま先に目を落とす。草履の鼻緒が夕陽を受けて輝いていた。

これと指し示せるようなものは、すぐには見つからなかった。八年はやはり長い。しかもその間に自尊心を削るような暴力を受けていたのなら、過去の日は余計に遠く思える。けれど、あのあんみつが美味しかったように。呉服屋で見た反物がまだ瑠璃の心を打つように。

そして今、景と隣同士で境内を見て、懐かしさを覚えるように。

瑠璃と瑠璃お嬢さんの間には、今にも途切れてしまいそうだけれど、か細い糸がまだ繋がっているのかもしれない。

瑠璃は微笑み、それから意を決して景を見た。

「今すぐには、難しいです。でも、今日一日、楽しいデートでした。ありがとうございました」

「……そ、うか」

景がハッとしたように両目を瞬かせる。その反応が珍しくて、つい瑠璃は首を傾げた。

「旦那様？　何かお気に障ることがございましたか？」

「いや……」

片手で口元を隠すようにし、景があらぬ方へ顔を背ける。黒々とした髪の隙間から覗く耳が赤い。一体どうしたのかと怪訝に思っていると、何度か深呼吸を繰り返し、景がこちらへ顔を戻した。

「今、初めて瑠璃が笑ってくれたから」

「そう……でしたか？」

意外な指摘にぽかんと口を開けてしまう。彼の前で笑ったのは初めてではない気がするけれど、景は嬉しげに唇を緩めた。

「ああそうだ。今まで瑠璃が笑うのは、諦めたときだっただろう。だが今のは違った」

そこで口を閉ざし、真顔になってしみじみと言った。

「瑠璃はとても綺麗だが、笑っていると余計に可愛い」

「か、かわ……？」

綺麗、とはまた違う言葉を告げられて瑠璃は面食らう。それはただ外見を褒《ほ》め称《たた》えるのとは異なる、別の色を含んでいるように聞こえた。

「ずっとそうだった。初めて会ったときからそう思っていた」

「狒々に襲われたときですか」

「そうだ」

軽く頷いて、景は境内を見渡す。砂利と石畳に覆われた地面には、緑色の葉が数枚落ちているばかりで、かつての血飛沫《ちしぶき》の凄惨さはどこにも見当たらない。

「俺はあの日のことをよく覚えている。死ぬまで忘れないだろう」

さわさわとした葉擦れにかき消されてしまいそうな、秘密めいた囁きだった。

「たぶん、瑠璃にとっては何でもないことだっただろう。だが俺にとっては全てがひっくり返った出会いだった。運命と呼んでも差し支えがないくらいに。俺の人生は、あのときあなたに拾われてから始まった。それはもう、覆しようのない事実だ」

夕暮れの風が吹き、着物の裾を揺らしていく。

景は瑠璃に横顔を見せて、どこか遠くを見つめるように目を細めていた。瑠璃は景の右隣に座っていた。だから、一足早く夜の訪れたような魔眼の中に、美しい過去が映っているのではないかと、そっと顔を寄せてしまった。

「……な、何だ」

「えっ？ あ、も、申し訳ありません」

景がぎょっと身を引くので瑠璃も我に返った。気づけば吐息のかかりそうな距離に景の驚き顔がある。何とはしたないことをしてしまったのだ、と羞恥に顔が赤くなった。

「俺は構わないが……ここは外だから……」

「外だと何か問題が……？ あの、右目が綺麗だったのでつい見惚れてしまって」

瑠璃の弁解に、景が大きなため息をつく。

「そういうことか。いや、別に誤解などはしていないが」

「はあ。誤解がなかったなら良かったです……？」

瑠璃は慎ましい距離を取って座り直す。景と同じように辺りに目を向けた。

「私もあの日を覚えています。何でもないなんて言わないでください。……私はずっと、旦那様に守られてばかりです」

思えば最初の出会いの時点で、景は瑠璃の命の恩人だった。あのとき景がいなければ、瑠璃は狒々に襲われてすでにこの世に無かっただろう。

「運命というならば、私の方です。私が今ここにいられるのは、旦那様のおかげなのですから」

言葉にすると照れ臭くなって、景の方を向けなかった。早く日が暮れないだろうか、と恨めしく夕空を見上げる。梢の向こうに沈みかける太陽は、まだ空を鮮やかな橙《だいだい》色に染めている。夜になれば、この火照《ほて》った顔も隠せるのに。

大きく呼吸して横目に景を窺えば、彼は片手で目元を覆い、何かを堪えるように膝で拳を握りしめていた。上等な着流しに妙な皺がついてしまわないかと、瑠璃はハラハラする。

「す、すみません。私は出過ぎたことを申しました」

「そうではない……そうではないが、少し落ち着かせてくれ。俺は瑠璃に言いたいことがある」

「はい」

瑠璃はちょこなんと手を揃えて話の続きを待った。やがて景がおもむろに顔を上げ、懐に手を入れる。

「これを受け取ってくれ」

差し出されたのは長方形の桐箱《きりばこ》だった。受け取ると、手のひらにわずかに重みを感じる。

「お使いものでしょうか。どなたにお渡しすれば？」

「瑠璃への贈り物だ。開けろ」

「私への……？」

皆目見当もつかずきょとんとしながらも、言われた通り箱を開ける。そして息を呑んだ。

中には、椿の花を模《かたど》った髪飾りが鎮座していた。

「これは……」

絶句してしまう。渚と浜子に奪われた髪飾りにそっくりだったが、細かな意匠が違う。瑠璃の石で八重の花弁を形作り、中央には琥珀《こはく》が埋め込まれている。まるで青い椿の花が手のひらで咲いたかのような繊細さで、ひと目で手の込んだ品だとわかった。

景がぎこちなく言葉を継いだ。

「その、俺の記憶を頼りに作らせたものだ。妖除けの護符代わりにもなっていて、それを持っていれば瑠璃はひとりで出歩ける」

「えっ」

理解が追いつかず、瑠璃は箱を強く握りしめる。――ひとりで、出歩ける？　妖を惹き寄せる、厄介者の、自分が？

啞然とする瑠璃に、景が苦笑する。

「本当はずいぶん前に完成していたんだが、渡せなかった。いや……渡したくなかったというのが正しいか」

言葉尻には自嘲が滲む。

「これを渡せば、瑠璃は本当に手の届かない彼岸へ行ってしまうのではないかと気が気ではなかった。そのせいで、俺は瑠璃から自由を奪った。……申し訳ない」

「そんな。私は」

激しく首を横に振った。景の言う通りだと思う。婚約したばかりの頃に自由に出歩けていたら、行ってはいけない場所まで行ってしまったに違いない。

瑠璃は箱から髪飾りを取り出して、ぎゅっと胸に抱きしめた。手渡されたのは自由だけではない。景からの信頼だった。

「これを渡してくださった旦那様を、決して裏切りません。絶対に、旦那様の元へ戻って参ります」

「……そうしてくれ」

地平線に落日が消え、夜が訪れる。群青色の空に瞬き始めた星影の下、ふたりの間を穏やかな風が吹き抜けていった。

■第三章

鷲尾《わしお》商會の執務室で、景《けい》はひとり仕事に励んでいた。決裁の手つきには淀みがなく、帳簿をめくる音は軽やかだ。

窓辺ではすねこすりが丸くなっている。そろそろ夏毛になるはずなのに、一身に日差しを浴びる毛並みはふわふわで、その下の体はふくふくだった。

景が最後の決裁書類に手をつけたとき、扉が開いた。八手《やつで》がひょこりと顔を覗かせる。

「休日明けから、景兄はやけにご機嫌ですね？」

「そう見えるか」

「ええ、それはもう。何か良いことありました？」

窓辺に歩き寄った八手が、すねこすりのそばに魚の切り身を置いてやる。微睡んでいた様子のすねこすりは鼻をひくつかせると、カッと目を開け切り身にむしゃぶりついた。誰も取らないのに、こいつは食い意地が張っているのか何なのか、食べ物の気配に敏感である。

「良いこと、か」

景は万年筆を置き、腕を組んで椅子に背中を預けた。ギシリと背もたれが軽く軋む。思い返せば、先日のデートはかなり成功したといって良い。再会してから初めて、景はやっと自分の言葉が瑠璃《るり》に届いたと感じた。

今まで瑠璃の周りにうずたかく積み上げられていた、自信のなさだとか自己肯定感の低さだとか、自分が大切にされるはずがないといった思い込みが、ほんの少し崩れて、本来の瑠璃が顔を出したように思えた。それは確かに瑠璃お嬢さんそのものではなかったが、景の会いたかった、愛おしい少女には違いなかった。

涼しげな青竹色の着流しを着た八手が、その幼い顔にそぐわぬ大人じみたからかいの笑みを浮かべる。

「ま、景兄にとって良いことなんてひとつしかないでしょうけど？　瑠璃さんと進展したんですね？　どこまで行きましたか？　あんまり早く手を出しちゃダメですよー。まだ婚約者なんですから」

「八手が期待するようなことは一切ない」

「そんなぁ！　でも同衾《どうきん》くらいしました？」

「するか！」

というよりむしろ、倉庫の一件以降、瑠璃とは物理的距離が離れている。

寝間は当然別だし、屋敷で家事に励む瑠璃に近寄ると、顔を真っ赤にして逃げられる。見ていた雀千代《すずちよ》に「何だ？　お主ら、喧嘩でもしたのか？」と不審がられるほどだ。口づけなどしたら、おそらく瑠璃は卒倒するだろう。

しかし、それでいいと思う。今までがおかしかったのだ。景は未来視を理由にして瑠璃に近づいていて、瑠璃は自らへの無頓着さゆえにそれを許していた。

そんな歪《いびつ》な状態で良いわけがない。

景は瑠璃の形代《かたしろ》が欲しかったわけではない。かつて己の目を灼いた光をもう一度仰ぎたかったのだ。

倉庫から帰宅した夜、寝室の入り口で立ち尽くしていた瑠璃を思い出すと口元が緩む。寝台の上で口づけられても茫洋としていた瑠璃が、あんなに過敏な反応を示すようになるとは思わなかった。

あんな風に——景を意識している、と言わんばかりの顔を見せるとは。

弧を描く唇を片手で隠すと、八手がやれやれと首を振った。

「景兄は攫われた瑠璃さんを格好良く助けたんですよ？　もう少し欲を出せば良いのに」

「格好良いかはわからないだろ」

実際、飛び散る血を前にして瑠璃はかなり怯えていた。逃げられても仕方がないと思ったし、そのときは手を離さざるを得ないとも覚悟した。

けれども、瑠璃はまだ自分の隣にいてくれる。その心に萌した微細な化学反応とでもいうものを、景はまだ捉えられないでいる。

だが、八手はあっけらかんと言った。

「いーえ！　僕の景兄が格好悪くなるはずありません！　あんなに必死な景兄を、僕は初めて見ましたよ。僕が困ったときも、あれくらい一生懸命助けに来てくれますか？」

「八手を攫うやつがいるわけないだろ」

どんなに可愛らしい少年に見えても、額から伸びる角は彼の出自を証明している。彼は歴とした鬼であり、容易く手出しできる存在ではないのだ。

しかし八手はむくれて唇を尖らせる。

「全く、ここは『当たり前だろう。八手は俺の弟だからな』とか頼もしく言うところでしょう！　そんな鈍いと瑠璃さんに愛想尽かされちゃいますよ！」

「はあ……っ⁉」

つい狼狽えた景に「あ、でも」と八手はぽんと手を叩いた。

「瑠璃さんもなかなか肝《きも》の据わった女性ですから、一般的な嗜好《しこう》とは少しズレているんですがね？　フリとはいえ、景兄を撃てるような女性ですもんね。本当にとんでもない女傑ですよねえ。僕もそのさまを見てみたかったですよ」

「面白がっているな？」

「これでも心配してるんですよ！　もう死の未来は見なくなったんですよね？」

「………………」

景の返した沈黙に、八手が疑わしげに顎を突き出した。

「まさか、まだ視ているんじゃないでしょうね」

「……そうだと言ったら」

軽いため息とともに答えた景に、八手の顔色が零下に落ちる。

「僕が瑠璃さんを殺します」

「ずいぶんつまらない冗談だ」

「冗談ではありません。だって……奇妙じゃないですか！　瑠璃さんが景兄の未来視を安全なものにすり替えた。だからもう、景兄は不吉な未来視から逃れられたはず。なのにまだ死の未来を視るというなら、それじゃまるで」

言い淀んだ八手のあとを、景は淡々と引き取った。

「どんな運命でも、瑠璃は必ず俺を殺すことが決まっているようだ」

「景兄って、実は瑠璃さんに相当恨まれているんですか？」

訊ねる八手の顔つきは渋かった。景は無言で首を横に振る。実際、そんな気配は微塵もないし、本当に瑠璃の意思で景を殺めたいと思うなら、雀千代の羽根など仕込まなくてもよかったのだ。

それなのに未来視は続いている。今は銃で撃たれるのではなく、多種多様な方法で瑠璃が景を殺める未来がぼんやり視えている状態で、確度の高い未来が特定できない。魔眼も万能ではないのだなと歯痒《はがゆ》く思う。

「恨まれているわけあるか」

「ならいよいよもって妙ですね。まるで瑠璃さんの骨に、必ず景兄を害するように呪いでも刻まれているみたいで」

「呪詛か……」

可能性としてはあり得る。八手が大きく頷いた。

「もしよかったら、本当に僕が瑠璃さんと会ってみましょうか。見たら何かわかるかもしれませんよ。僕も一応力の強い妖ですし」

景は机に両肘をつき、組んだ手に顎を乗せて八手を見上げた。

「……確かに、気になることはある。そのうちに頼めるか」

「はいはーい！　いつでもお任せください。今日は軍部の報告も届く予定ですし、この件についてはきちんと調べてみないとですね」

倉庫の一件に関しては軍部に連絡し、調査が入ることになった。ちょうど今日の午後、結果報告が入るはずだ。

壁時計がまだ昼前を指しているのを確認したとき、八手が子細ありげに呟いた。

「それにしても瑠璃さんって、本当に景兄の隣にふさわしい方なんですかね。こんなに景兄が気にかけているのに、話を聞く限りそれに気づいてもいなさそうだし……」

「育った環境が環境だからな。気長にやるつもりだ」

景としては一生かかっても構わないつもりだ。だが八手は納得できないようでぼやくように言った。

「そりゃ遠野《とおの》家で酷い目に遭っていたのは可哀想かもしれませんが、でもそんな環境で悪徳に染まらずにいられるでしょうか。本当にただの被害者なんですか？　景兄の心を弄ぶ悪女、ってことはありません？」

「……何が言いたい」

知らず声音が低くなる。八手は大げさにおどけてみせた。

「やだな、そんな怖い顔しないでくださいよー。ただね、僕、遠野家の人間に会ったんです、ついさっき。少し話しただけでもたいそう不愉快な人間どもでした」

「……は？」

目を丸くする景に、八手は悪戯《いたずら》成功とでもいうように無邪気に笑う。

「実は彼ら、景兄に会いに商館へやって来たんです。今もこの真下の応接室でくそまずい茶を飲んでいますよ。何でも瑠璃さんのことで話があるとか。それで僕、景兄を呼びに来たんですよね」

「それを先に言え……！」

景はコート掛けにかけておいた上着を引ったくり、乱暴に羽織る。八手はからからと明るい笑い声をあげた。

「待たせておけばいいでしょう、あんな奴ら。良かったら僕が穏便に追い返します。景兄の手を煩わせるほどのことじゃありません」

「いい、俺が出る」

景は乱れた襟元を整える。ああいう手合いを相手にするときには、まず見た目から威圧していく必要がある。こんなところで隙を見せるわけにはいかない。景は自分の容姿が誰にどのような影響を与えるか、嫌というほど熟知していた。そして、その有効な活用方法も。

足元ですねこすりが甘えるような鳴き声をあげる。その頭をひと撫でしてやり――それから、八手の頭にもぽんと手を乗せた。

「お前が俺を気遣ってくれているのはわかっている。だが悪いな。俺には俺のやるべきことがある」

「……景兄」

迷子みたいな声音で呟いて、八手が唇を噛む。そうしてガッと景の手首を掴むと、ぐしゃぐしゃと自分の髪を撫でさせ始めた。

「撫で方に愛がこもってないんですけど！」

「お前がやらせているのに、なぜだ」

「もうっ！　もっと真剣にやってください！」

ときどきこの弟分の行動はわからなくなるな、と思いつつ、景は微笑って八手の髪を整えてやった。


鷲尾商會の応接室は、商館の二階、一番日当たりのいい場所にある。

外つ国からもたらされた樫材の重厚な応接セットが据えられ、壁には幽世の妖が描いた浮世絵が飾ってある。客人に供されるのはこの国の茶で、様々な立場の物と人と妖とが交錯する商會らしい部屋だった。

そんな部屋で、景は遠野家の者どもと相対していた。

「それで、話というのは？」

待たせた謝罪もせずに開口一番言い切った景に、彼らの眉がぴくりと動く。

景の眼前のソファには、彦蔵《ひこぞう》を挟んで浜子《はまこ》と渚《なぎさ》が座っていた。渚の頭に、以前瑠璃に買った簪が飾られているのが目につく。似合わないと率直に思った。景は商人として、審美眼は磨いているつもりだ。

「そのう、瑠璃のことですがね」

まずは彦蔵が切り出した。媚びるような上目遣いで景を見つめる。

「あの娘は上手くやっておりますか？　なにぶん不出来な娘ですので、鷲尾様のご気分を損ねていないか心配でして……」

「瑠璃は十分すぎるほど素晴らしい女性だ。そんなくだらない話をしに来たのか？」

冷たく撥《は》ねつける景に、彦蔵が脂汗を流して口ごもる。しかし横合いから浜子に脇腹を突かれ、重たげに口を開いた。

「瑠璃がお役に立っているようで何よりでございます……。ではその見返りとして、我が家にご支援をいただけないでしょうか」

「話の筋が見えないな。どういう意味だ」

景は眉間に軽く皺を寄せる。それだけで彦蔵はヒッと肩を縮こまらせた。

「我が家は名誉ある祓い主でありますが、その誉を維持するためには幾分か金子が入り用でして……。鷲尾様はいずれ瑠璃と結婚なさるおつもりでしょう。であれば、我々は家族も同然。瑠璃をここまで育てたのは私たちです。そして家族ならば助け合うのが必然」

「なるほど？」

景は不躾なのをあえて隠さずに三人を見やった。彦蔵は一張羅らしい黒い紋付袴《はかま》を着込み、浜子も渚もそれぞれ上等な着物に身を包んでいる。浜子の締めている正絹《しょうけん》の帯だけで、祓い主としての俸禄《ほうろく》、その何ヶ月分が飛ぶだろう。

遠野は男爵位だったか、と景は肘掛けに頬杖《ほおづえ》をついた。それがどれほど不遜で傲慢に見えるか計算した上で、そうした。

「虚飾には金がかかるということか？　祓い主としての一番の名誉は帝都の人々を守るこ

とだろう。人々の安らぎと安全に与《くみ》するなら俺は喜んで支援するが、そうではあるまい？」

景の観察に気づいたのか、彦蔵は取り繕うように両手を広げた。

「祓い主というのは目立つものですから、あまりみすぼらしい格好をするわけにもいかないのですよ。鷲尾様とて覚えがあるでしょう。上に立つ者には相応の格が求められます」

「格、ね」

景にとって、最も尊敬できる祓い主は瑠璃の両親だった。彼らは子爵位を賜っていたものの、俸禄を自らの贅沢のためには決して使わなかった。

代わりに彼らが力を入れていたのは、祓い主見習いへの教育だ。金銭的な事情で祓い主を目指せないという者には無利子で資金援助し、景のような祓いの才のある孤児は使用人として雇い入れることで自立の道を作った。

そのため、羽栖《はすみ》の人々は子爵という肩書きには不似合いなほど倹《つま》しく暮らしていた。

一度、瑠璃の父親に聞いたことがある。どうしてこんなによくしてくれるのかと。もっと良い暮らしをしたくはないのかと。

特に景は瑠璃の命を救ったとはいえ、元は浮浪児だ。それなのに大切な一人娘のそば付きにした挙げ句に、祓い主見習いとしての修練もさせてもらえ、毎月俸禄ももらえる。こんなに上手い話があるはずないと疑ってもいた。

彼は景の問いに目を丸くし、それから温和な顔に誇らしげな笑みを乗せて言った。

――ひとりでも優秀な祓い主が増えて、帝都の人々が安心して眠りにつければ、それが一番良い暮らしなんだよ。

景には今でもわからない。正直に言えば、貧民窟育ちの景にとっては帝都の人々などどうでもいいし、守りたいとは思えない。自分の親しい存在が安穏としていられればそれでいい。

けれども、自分に冷酷だった世界のどこかにこんな愚直な人もいると思えば、それが悪くないのもまた事実で。

それで景は一段と祓い主としての修練に精を出した。そんな景を、祓い主である瑠璃の両親は厳しくも真剣に育ててくれた。

その全ては、妖による羽栖家の襲撃で水泡に帰したが。

「貴様の言い分と俺の考えが全く合わないことを理解した」

景にはもはやまともに取り合う気も失せていた。馬鹿馬鹿しくてやっていられない。足を組み、片手でカップを持ち上げて茶を飲む。景にはまともな茶葉を使ったのか、緑茶の爽やかな香りが鼻を抜けていった。

「お前たちを援助する気はない。お前の提案は俺に利益をもたらさず、商談の俎上《そじょう》にも乗っていない。お引き取り願おう」

わざと音を立ててカップを机に置く。扉の向こうで控えているであろう八手を呼ぼうとしたとき「……利益？」という少女の声が応接室の空気を震わせた。

景は視線を横に流す。彦蔵の隣で、渚が目を潤ませていた。頬を薔薇色に染め、口を両手で覆っている。嫌な予感が胸をよぎった。こういう顔をした女の人間も妖も、ごまんと見てきた。

「鷲尾様、利益が必要と仰いましたのね。私、きっとご用意できると思いますわ」

「聞くに値しない。帰れ」

「瑠璃の代わりに私を婚約者になさったら如何《いかが》かしら。私はこの通り美しくて、祓いの才もありますの。社交界でも評判で、何人もの殿方が私を嫁にと望んでいますのよ。そんな私を婚約者にすれば、鷲尾様の鼻も高うございましょう？」

甲高い声が脳髄を刺して、こめかみの奥に鈍い痛みを覚える。景はうんざりとため息をついた。

「それは以前も聞いた。不要だ。俺は美しくて役に立つ妻が欲しいわけではない。瑠璃だから――」

「お待ちください！」

金切り声が空気を裂く。渚は前のめりになって景を凝視していた。形の良い大きな目が見開かれ、白目には血管が浮いている。簪の瑠璃の歩瑶が、しゃらんと涼しい音を鳴らして揺れた。

景は眉をひそめる。娘の豹変《ひょうへん》ぶりに、彦蔵も浜子も面食らっているようだった。

「私とて、鷲尾様が見目麗しい分限者《ぶげんしゃ》だから婚約者になりたいわけではございません。私は貴方様をずっと昔からお慕いしております。ですからこんなことを申し上げているのです。どうか思い出してください。私と鷲尾様は以前にもお会いしたことがありますでしょう。八年前の春の庭で」

「何の話だ」

押し付けられる一方的な慕情に、頭痛はひどくなる一方だった。景も渚も羽栖の家に出入りしていたのだから、どこかで顔を合わせていた可能性はある。挨拶くらいはしただろう。もしくは人間として当たり前の些細な親切も。しかし、それで勝手に恋い焦がれても困る。

「春の庭、と言われても。心当たりはないが」

にべもない返事に、渚の顔が落胆の色に染まった。

「そんな……酷いですわ……」

ワッと顔を覆う娘の肩を浜子が優しく抱き寄せる。キッと景を睨みかけ、不機嫌な景の眼光に気圧されて下を向いた。

景は今度こそ手を叩き、八手を呼んだ。

「話は以上だな。帰ってくれ」

応接室の扉が開き、恭しい素振りの八手が三人を出口に案内する。

去り際、熱のこもった渚の視線を感じながら、景は腕組みして目を閉じていた。


商會の応接室で不穏な面談が行われていた頃、羽栖邸では、瑠璃が「ああっ」と悲鳴をあげていた。

「だ、旦那様がお弁当を忘れていらっしゃいます……！」

「ふーん？　つまりそれは我の昼食として献上されるという意味か？」

「え、えっと、違います」

食堂に置き去られた弁当の包みを見て、瑠璃と雀千代は顔を見合わせた。雀千代は布巾で食卓を拭きながら、ぶつぶつぼやく。

「我に稚児のような真似をさせておいて、その程度の供物もないのか？　まったく、最近の人間は烏天狗の偉大さがわからぬのか」

「すみません。でも、これは旦那様のものですから……。その代わりに、今日のおやつは美味しいものを作りますね。夏ですし、フルーツポンチはいかがでしょう。実は昨夜から果物をシロップに漬けているのです」

「むむ。我の方に白玉をたくさん入れるのだろうな？」

「もちろん。よろしければ一緒に作りましょうね」

「ふむ、悪くない。許す」

ころりと機嫌を直した雀千代が「それにしても」と弁当を指差した。

「これはどうするのだ？　放っておけば傷んでしまうであろう」

「旦那様にお届けしようと思います。商館の場所は教えてもらっていますから、すぐに行って参りますよ」

「なぜだ？　弁当のひとつやふたつ、別になくとも困らぬ」

「それは——」

旦那様がお腹を空かせていると困るから、と答えようとして、瑠璃は言葉を詰まらせた。

遠い昔、そう案じてこの屋敷の玄関を飛び出した幼い少女がいた。

（でも……今は違う気がする）

心臓が確かな音を立てて鼓動を刻む。

今はもう、弁当がなくたって、大人は昼食に困らないことを知っている。

それでも、これを景に届けたいと思うのは。

瑠璃は胸元で手を握りしめ、一言一言、気持ちを確かめるように告げた。

「わ、私が、旦那様に、このお弁当を食べていただきたいから、です」

瑠璃を見上げていた雀千代が、ゆっくりと破顔する。それから袖をまとめていた襷《たすき》を取り払い、腰に両手を当てた。

「何をのんびりしている。さっさと行くぞ」

「えっ？　雀千代さんも来てくださるのですか？　私、ひとりで出歩けるようになりましたから大丈夫ですよ」

そっと髪飾りに手をやる。ひやりとした石の感触が心地よい。瑠璃はあれから、毎日この髪飾りを使っていた。霊力などひとつも知覚できない瑠璃だが、これを付けていると何だか離れていても景のそばにいるような感覚に陥るのだった。

雀千代が小鼻を膨らませる。

「魔眼の賓のもとへ瑠璃をやったら、なかなか帰さぬ気がするのでな。我は早くおやつを食べたい」

「わ、わかりました」

瑠璃はこくこくと頷いて、弁当包みを大切に抱えた。


鷲尾商會は、帝都の中央通りに面した場所にあった。大きな赤煉瓦造りの建物で、屋根に葺《ふ》かれた瓦が陽光を弾いている。入り口には立派な大書の看板がかけられ、その下をひっきりなしに人や妖が行き交っていた。

「す、すごいのですね……」

帝都一の商會とは聞いていたものの、いざ目の前にすると威容に圧倒される。瑠璃は商館から離れた物陰に身をひそめ、固まってしまった。

「瑠璃よ、帰るか？」

雀千代が瑠璃の袖をちょいちょいと引く。しかし瑠璃はかぶりを振り、額に滲む汗を拭った。

「いえ、ここまで来て帰るわけには参りません。行きましょう」

己の目的地を確信した足取りの人妖に紛れ、覚束《おぼつか》ない足つきで中に入れば、瑠璃はさらに萎縮してしまうことになった。

入ってすぐは吹き抜けになっていて、天井の円窓から大理石の床に向かって、昼の光が惜しみなく降り注いでいる。真正面には受付があり、来訪者はそこで用件を告げるようだ。その関門を抜ければ、受付の奥に設置された昇降機で目的の階へ行くらしい。今しも雪女らしき妖が乗り込むところだった。

頭上の回廊からは、賑やかな人の話し声と、夜の森の奥から響いて来るような妖の声とが交ざって落ちてくる。瑠璃たちのすぐ近くを、顔に鱗《うろこ》のある男が追い越して行った。受付に荷物を置き「雨降らしの水龍の鱗を持ってきたぜ。二時に約束してんだが」と大声で伝えた。

「もし、ちょっとよろしいですか」

「は、はいっ」

人の流れに追いやられて壁際に張りついていた瑠璃は、声をかけられてビクッと肩を揺らした。雀千代が瑠璃の袖に顔を隠すようにする。

声の方を向けば、鮮やかな朝顔柄の着物を着た女が立っていた。

ずいぶん背が高い――と思いかけて息を呑む。いや違う。女には首がなかった。綺麗に化粧の施された頭部は胴体と完全に切り離されていて、それが瑠璃を見下ろすようにふわふわ浮いているのだった。

「迷っていらしているようなのでお声がけしました。ご用件は何でしょうか？　お約束はおありですか？」

首無しの女は精緻な微笑みを浮かべている。その口調の丁寧さにホッとしたのも束の間、今度は問いの内容に頭を悩ませることになった。

「や、約束……？」

景に会うのに事前に約束しておかなければならないのか、と呆気《あっけ》に取られていると、首無しが頭を前後に揺らした。たぶん、頷きの動作なのだろう。

「はい。御用のない方にはお引き取りいただいております。ここは商館ですから」

首無しの微笑に、冷ややかさが差し込まれる。

ここは商いをするための場所なのだと、急に自覚が押し寄せてきた。

価値ある商品と対価、それらを持つ者だけが存在を許されるところで、物見遊山《ものみゆさん》で訪れてはいけないのだ。今更ながらに納得して、弁当片手にやって来た自分が恥ずかしくなる。早く渡して帰りたくなってきた。

「あの、だん……ではなく……鷲尾様に、お渡ししたいものがあって……」

風呂敷包みを抱きしめ蚊の鳴くような声で告げれば、首無しの眉がきりりと吊り上がる。

「お帰りください。そういったものは一切お断りしております」

「えっ……」

冷淡に切り捨てられて、瑠璃はたじろぐ。眉尻を下げた瑠璃に首無しはフンと鼻を鳴らした。

「まったく。あなたみたいな人間がやって来るから、受付の業務が滞るのよ。早くお帰んなさい」

犬でも追い払うようにしっしと手を振られる。じりじりと後退りそうになる瑠璃の後ろに雀千代がいて、なんとかその場に踏み止まれた。

「で、ですが、その……」

「会長への贈り物なんて碌《ろく》なものがないのよ。毒やら惚れ薬やら、たいてい胡散臭《うさんくさ》いものが入っているんだからね」

「そ、そうなのですか……？」

物騒な話に瑠璃はすくみ上がる。首無しは我が意を得たとばかりに頭を瑠璃に近づけた。

「そうよぉ。イモリの黒焼きなんかは序の口。外つ国の魔女が作った媚薬やら、鴆《ちん》の羽を浸した毒酒やら。あんたもそのクチでしょ。会長に岡惚れして押しかけて来たんでしょ」

「え、いや、あの……」

頭は固いものでぶん殴られたみたいに、きちんと働かなかった。それでも景を思うと心臓が冷えていくような感覚に襲われる。

そんな勝手な思いを寄せられるのは、どんな気分なのだろうか。

嬉しいわけがない。喜ばしいわけがない。どう考えたって苦痛ではないだろうか。

毒や惚れ薬なんて暴力的な手段で気持ちを捻じ曲げようとしてくるのだ。恐ろしすぎる。

瑠璃は先日のデートを思い出した。あのときも甘味処で、景は一身に注目を浴びていた。彼は動じる様子もなかったが、慣れているのだろうか。……慣れて、しまっているのだろうか。

(旦那様って、もしかしてずっとそんな風に生きてこられたのかしら……)

もやもや考えていると、首無しがふわーっと顔を近寄せてきた。

「だいたいね、会長は婚約なさったのよ。知らないの?」

「あ、それは」

知っている。とてもよく。

こくこくと頷く瑠璃に、首無しはくるんと頭を回した。文字通り、一回転。これは一体どういう感情の発露なのだろうと頭を捻っているうちに彼女の頭は首の上に戻り、つけつけと瑠璃に言い立て始めた。

「じゃあ諦めなさいって。噂によれば婚約者に首ったけで、他の女が付け入る隙もないそうよ。そういうの持ってきたって無駄なわけ。匂うわよ、あんたが持ってるの弁当でしょ？料理ができるアピールなのか何かを混入させたのか知らないけど、尻尾巻いて帰ることね。会長は忙しいし、受付だってあんたみたいな小娘をさばく暇はないのよ」

「先ほどから黙って聞いておればなぁ……」

ゆらり、と瑠璃の袖から小さな影が現れた。漆黒の羽根がばさりと広がる。肩を怒らせた雀千代だった。

「何だその言い草は！　好き勝手言いおって！　その婚約者というのがなあ！」

片手を振り上げ、雀千代が地団駄を踏む。紛れもなく瑠璃のために怒ってくれている、と気づいて胸が痛くなった。

それでも確かに、ぷんすかと顔を真っ赤にする雀千代の姿は萎《しお》れる瑠璃の心を慰めてくれた。景に会えなくても、しょうがないと諦められるくらいに。

(旦那様がお忙しいのは確かでしょうし、私はお邪魔ね……)

しおしおと肩を落として雀千代を止めようとしたとき、足元を何かがよぎった。

「うん？」

「あ痛ぁ！」

ふわふわした毛並みが脛の辺りを撫でたと思った刹那、雀千代がすってんころりんとすっ転ぶ。

見れば、猫のような妖がぶみゃあ、と妙な鳴き声をあげて、雀千代の顔を舐めていた。

「くっ、すねこすりか！　ええい、我を誰と心得る！　我は偉大なる烏天狗、その名も——」

「あれ？　雀千代じゃないですか」

知らない少年の声が響き渡って、雀千代はつんのめった。バッと振り向く雀千代に釣られて瑠璃も顔を上げると、若草色の着流しを着た少年が、入り口からこちらへ歩いてくるところだった。

その額にあるものに目を留めて、瑠璃はハッとする。伸びるのは二本の角。雀千代を見る瞳は魔性の金。瞳孔が細く、どこか酷薄さを感じさせる。

——鬼だ。

瑠璃が一瞬怖じ気付いたのをよそに、雀千代はぴょんと跳ね立つ。それからびしりと鬼の少年に指を突きつけた。

「貴様ぁ！　八手か！」

八手、と呼ばれた少年は指差されても気分を害した風でもない。薄く笑って肩をすくめ、雀千代の前で立ち止まった。

「幽世を追い出されて以来、行方知れずと聞いていましたが、帝都にいたんですね。お元気そうで安心しました」

どうやら雀千代とは知り合いのようだ。それにしても「幽世を追い出された」とは何事だろうか。初耳の事実に雀千代を見れば、決まり悪げに目をそらす。話したくないらしい。

と、八手が首無しに顔を向けた。

「これは何の騒ぎです？」

「八手様……。この者どもが会長に会いたいと言ってきまして。御前をお騒がせし、申し訳ございません」

首無しが畏《かしこ》まって答える。八手はふむ、としなやかな指で顎を摘んだ。

「雀千代、景兄に何か用だったのか？」

「我ではない。用があるのはこっちの娘だ」

雀千代がぐいと瑠璃を前に押し出す。八手に相対する形になって、思わず髪飾りに指先で触れた。鬼といえば、景が育てられたという一族だ。

八手が瑠璃を見とめ、目を見開く。

瑠璃が深く息を吸い、名を名乗ろうとしたとき――。

「瑠璃、こんなところで何をしている？」

後ろから肩を摑まれて、瑠璃は弾かれたように振り向いた。

「だ、旦那様……」

声を聞いたときから、景だとわかっていた。だがいざその顔を前にすれば、みるみるうちに安堵が胸に広がっていく。

「えぇっ、旦那様ってことはもしかして……」

首無しがギョッと目を剝いてぐらぐら揺れ始める。八手の視線も瑠璃に釘付けになっている。

景はそれらに構わず瑠璃の肩を抱き寄せると、弁当に目を落とし、ふわりと柔らかく微笑んだ。

「忘れ物を届けに来てくれたのか。俺としたことが、瑠璃の弁当を忘れるとは悪かった」

「あ、いえ……私こそ、突然職場を訪《おとな》ってしまい申し訳ございません」

うつむく瑠璃に、景は真剣な顔を寄せる。伏せた瑠璃の瞳の奥を覗き込むようにして答えた。

「そんなことはない。道中、危険はなかったか。髪飾りがあるから問題はないと思うが」

「だ、大丈夫でした」

なんだか距離が近いのではと不思議に思いながら、瑠璃はこくこくと頷く。

「髪飾りももちろんですし、雀千代さんも目を光らせてくださいました」

「なら良い。瑠璃がややこしいことに巻き込まれなければそれが一番だ」

安心した様子の景に弁当を差し出そうとして、手が止まった。先ほどの会話を思い出す。イモリだの媚薬だの毒だのに晒されている人に、軽々しく手渡してもいいものだろうか。景はきっと瑠璃の弁当を断らない。だからこそ、少しでも安らぎを渡したかった。

「あの、旦那様。その……こちらの包みには、一切何も入っておりませんので」

「うん？」

捻り出した瑠璃の説明に、ぽかんと口を開けたのは景だった。風呂敷包みと瑠璃とを見比べ、深刻そうに言う。

「つまり……空の弁当箱ということか？　俺に愛想を尽かしたか？」

「い、いえ！　私がお伝えしたかったのはそういうことではなく……っ」

言葉選びを間違えた、とあわあわする瑠璃に景が唇を緩めた。そっと包みを取り上げ、優しい手つきで瑠璃の頭を撫でる。

「冗談だ。……何か聞いたんだな？」

口元に微笑を湛えたまま、何もかも見透かしたようにちらりと首無しに目をやる。首無しがすーっと青ざめ、頭を手に持って腰を折った。首無し流の謝罪の姿勢らしい。

「申し訳ございません。お知り合いとは気づかず、失礼をしてしまいました！」

「確か受付担当の首無し……名は真砂《まさご》だったか」

「わ、私の名をご存知で？」

ヒッと震え上がる首無し——真砂に、景は素っ気なく頷いた。

「当然、俺の下に付く者の名は全て把握している。……相手が誰であろうと、受付担当があまり乱暴な態度を取るものではない。商會の顔に泥を塗るだけでなく、自分自身の品位を下げるぞ」

「仰る通りでございます……」

真砂が悄然《しょうぜん》と肩を落とす。「だが」と景は声を和らげた。

「俺も悪かった。不穏な貢ぎ物をいつも受付で食い止めてもらっているのは感謝している。今後はそのようなことがないように取り計らおう。瑠璃もいることだしな」

そう言って今度は瑠璃を見つめる。その視線の甘さに何かを感じ取ったのか、真砂がそわそわと訊ねた。

「ありがとう存じます。では、やはりその方は……」

いつの間にか周りには人と妖が物見高く集まっていた。興味津々に目を輝かせる者、吟味するように眉間に皺を寄せる者。

それら全てに宣言するように、あるいは世界の理を説くように、景は言った。

「ああそうだ。彼女は俺の最愛の婚約者。羽栖瑠璃だ」

途端、周囲には喫驚の声が響き渡る。その大きさにびくりと肩をすくませながら、人と妖の驚く声というのは、意外と似通ったものになるのだな、と瑠璃は思った。

商館の一階は阿鼻《あび》叫喚《きょうかん》の渦に巻き込まれてしまったので、瑠璃は応接室へ案内されることになった。

「まったく牽制《けんせい》が捗《はかど》りますね、景兄は」

八手がやれやれと首を振る。彼が扉を閉めると、階下の騒ぎがあっさりと遠ざかった。

瑠璃の左側に席を占めた景は「何のことやら」と肩をすくめる。ゆったりと足を組んでみせるが、ときおり視線がローテーブルに置いた弁当箱に引き寄せられていた。お腹が空いていらっしゃったのね、と瑠璃はちょっと微笑ましくなる。

「自己紹介がまだでしたよね。僕は八手と言います。見ればおわかりでしょうが、鬼です。一族の嫡男ですが、僕としては景兄の弟分という肩書きで覚えていただきたいですね」

瑠璃の正面に置かれた椅子に腰掛け、八手が言う。金色の瞳に注視されながら、瑠璃は素直に頷いた。

「わ、私は羽栖瑠璃と申します。よろしくお願いします。八手様」

「八手、でいいですよ。で、そっちが雀千代、と」

「偉大なる、を付けんか！」

瑠璃の左隣で雀千代がぷんすこしていた。その手にはソーダ水が注がれたグラスを持っている。雀千代用に特別に用意してもらったものだ。

「はいはい、偉大なる雀千代。ソーダ水はお気に召しましたか?」

「八手、我を馬鹿にしているな?」

「いえいえそんな。子供舌だなーとか、思っていませんとも」

「鬼め!」

「ははは、可愛らしいですねえ。——ところで僕は少し瑠璃さんとお話ししたいことがあるんですけど、お許しをいただけますか、景兄?」

八手の含みを持たせた言い方に、景が眉間に皺を刻む。

「やめろと言いたいところだが、瑠璃が誰と口をきくかは俺が決めていいことではない。……瑠璃はどうしたい?」

「私、ですか?」

突然水を向けられて、瑠璃は目を瞬かせた。自分の意思など関係がない。景が話せというなら話すし、話すなというなら一生口を閉じている。それだけの話だ。

しかし景は冗談を言っているふうでもなく、瑠璃の答えを真摯《しんし》に待っているように見えた。八手も、雀千代も。

六つの目に見つめられて、やっと思い当たった。

(……ああ、そうか。私はどんなふうに話してもいいのね)

瑠璃がどう振る舞うかを決められるのは瑠璃だけなのだ。少なくともこの応接室の面々はそう考えている。

瑠璃は深く息を吸い込んで、八手と目を合わせた。鬼の少年の顔には笑みの片鱗《へんりん》も浮かんでいない。彼が瑠璃に好意的でないことは肌身で感じていた。景もそうだが、端正な顔立ちから表情が抜け落ちるととても冷酷に映る。思わず視線を落としてしまった。

（八手さんは旦那様のご家族みたいなもの、よね。それならきっと私が気に入らないはず）

瑠璃はできた婚約者ではない。令嬢なら身につけていて当然の教養もなく、篤《あつ》い後ろ盾があるわけでもない。こんな娘が婚約者になって喜ぶ身内は少ないだろう。手厳しいことを言われる可能性は大いにある。

下向いた視界の隅に、弁当の包みが映った。景に食べてもらいたいと、心を込めて作った弁当が。

これを渡そうとした決意が蘇り、快く思われていないのが何だというの、と瑠璃は顔を上げた。そんなの瑠璃にとっては当たり前だった。それよりもっと大切なことがある。

八手を真正面から見据え、震えそうになる喉から必死に声を振り絞る。

「あの、お話しさせてください。私も八手さんと……旦那様のご家族と、お話ししたいです」

景の眉がぴくりと動く。八手が「へえ」と口元に弧を描き、さっと立ち上がった。

「断られたらどうして差し上げようかと思っていましたよ。じゃあ僕の執務室に来てもらえますか。そこでふたりきりで話しましょう。……景兄、睨まないでください。不埒《ふらち》なことは何もしないので」

瑠璃も腰を上げる。八手に続いて応接室を出る刹那、くるりと振り向いて景に言った。

「旦那様、よろしければお弁当を召し上がってお待ちくださいね。きっとお腹を空かせていらっしゃると思いますから」

渋い顔つきだった景が、毒気を抜かれたように瞬く。それから柔らかく微笑み、瑠璃に向かって頷きかけた。

「そうさせてもらう。だが何かあれば迷わず俺を呼べ。すぐに駆けつける」

「ありがとうございます」

礼を言えば、ドアノブに手をかけた八手が「本当に過保護なんだから」とぶつぶつ呟いているのが聞こえる。

そんなふうに八手に連れられて行った執務室は、四方を本棚に囲まれ、一番奥に執務机が置いてある洋風の部屋だった。窓はなく、八手が軽く手を振って、壁に設えられた洋燈に火を灯す。普通の炎ではない。青白く揺らめく鬼火だ。

八手は慣れた調子で机に浅く尻を乗せ、扉を背にして立つ瑠璃と対峙する。燐光《りんこう》がゆらゆらと陰影のヴェールを投げかけて、双眸の酷薄な輝きを際立たせていた。

にこ、と八手が笑顔を作る。しかし明らかに目が笑っていなくて、瑠璃は警戒せずにはいられない。

「お話しできる機会をいただけて嬉しいですよ。僕はずっと景兄から瑠璃さんの話を聞いていて、一度お会いしてみたかったんです。弟分としては、一体どんな女性なのか気になるじゃないですか？　色々と大活躍なさっていたようですし」

色々と、に込められた含みに、八手がたいていの事実を知っているのだと瑠璃は当たりをつけた。瑠璃が銃で景を撃ったことなんて、きっと彼を怒らせたに違いない。

「それで瑠璃さん。ひとつ聞きたいんですけど。――景兄のことをどう思っているんですか？」

「私にとって、旦那様は大切な方です」

むしろそれ以外の答えがあるのだろうか。即答した瑠璃に、八手の瞳の冷ややかさが増す。

「簡明な答えですね。大切、大いに結構。でも僕は哲学をやりたいわけではないんです。だいたい予想はついていると思いますけど、僕はあなたが気に入らないんですよね」

穏やかさを装った猫撫で声に、瑠璃はごくりと唾を飲み込み胸元で手を握りしめる。

そういう言葉をぶつけられるのは予想通り。心臓が強く脈打ち始めるのを感じながらも、瑠璃は落ち着いて首肯《しゅこう》できた。

「それはやはり、私に至らぬところがあるからでしょうか」

「そうですね。僕は、あなたは景兄の婚約者にふさわしいのか疑問を持っています。どうしてかわかります？」

「私が令嬢らしい教育を受けておらず、財産もなく、祓いの才能もない無益な人間だから、ですか」

慎重に言い切った瑠璃に、八手の目元がぴくっと引き攣《つ》る。

「……はい？」

執務室には沈黙が落ちる。本棚に置かれた小ぶりな置時計の時を刻む音がやけに響く。聞こえなかったのかしら、と思って瑠璃は繰り返した。

「私が令嬢らしい教育を」

「いや聞こえなかったわけじゃないです。見当違いすぎて呆れていただけです。教養？財産？　才能？」

八手ははあっと大きなため息をつくと、絹のような艶やかな髪をガシガシ両手で掻《か》きむしった。

「そんなもの景兄が全部持っているんだから、瑠璃さんまで持っている必要はないでしょう？　というか僕は鬼ですよ。常世の価値観なんか知ったことではありません」

「そうなのですか？　ええと、ではどうして……？」

おたつく瑠璃に「まったく！」と八手が机を叩いた。積まれていた書類の山が雪崩を起こして床に散らばる。

「僕がこんなに腸《はらわた》が煮えくり返っているのはですね、あんたがとんだ昼行燈《ひるあんどん》だからですよ！」

「ひ、ひる……？」

様々な罵倒を受けてきたが、そんな可愛らしく罵《ののし》られたことは今までない。八手は大きく首を振って腕組みした。

「そうですよ。なーにが大切な方ですか。それならどうして、あれだけ景兄に大切にされているのに、そんなにぼんやりしてるんです？」

「ぼんやり……？」

しているだろうか、自分は、と思いあぐねたとき、八手がビシリと人差し指を突きつけてきた。

「さっきの弁当だって、景兄はとても嬉しそうにしてましたよね。どうせ瑠璃さんは空腹だからとでも思っているんでしょう。見ていればすぐにわかりましたよ」

「違うのですか？」

「ちっがーう！　瑠璃さんの弁当だから嬉しかったんですよ。僕が帝都ホテルから御膳を運んできたって景兄はあんな顔しないんです」

「そ、それは実際にやってみないと何とも言えないのでは……?」

「対照実験やろうとしてんじゃないですよ！　瑠璃さんの情緒って鬼以下なんですか?」

「それはそうかもしれません」

心の機微に疎《うと》い自覚はある。素直に頷いた瑠璃に、八手が苦虫を嚙み潰したような顔をした。それから深々とため息をつき、机から下りて瑠璃の前まで歩いてくる。

「これを今の瑠璃さんに言うのは酷かもしれませんけどね、景兄は絶対に言わないだろうから言っておきます」

半間ほどの距離を置いて歩みを止め、八手は真剣な顔で言った。

「婚約者としてそばにいるつもりなら、必ず景兄を幸せにしてください。じゃなかったら八つ裂きにしてやりますから」

金の瞳が見開かれる。細い瞳孔が鬼火を映じて不穏に光る。薄い唇の端からは鋭い牙が覗く。

だがすぐに、怪訝そうに眉がひそめられた。

「何を嬉しそうにしてるんですか」

言われた意味がわからず、瑠璃はまじまじと八手を見つめ返す。

「いたって真剣な顔をしているつもりです」

「確実に笑っていますよ、ほら」

「え……」

促されるがままに口元に手をやれば、確かに口角が上がっている。

自覚したとたん、胸底に温かなものが湧き上がってきた。雪の溶けるようにはっきりと頬が緩んで、瑠璃は慌てて口元を手で隠す。八手が薄気味悪そうに見つめてきた。

「笑うところでした？　今、結構怖いこと言ったつもりなんですけど」

「いえ、怖いことは怖かったのですが……」

鬼に八つ裂きにしてやるなんて言われて、恐ろしくないわけがない。八手の目の赫《かがや》きを前にして総毛立つ肌が、彼の本気を伝えてくる。瑠璃が彼の逆鱗に触れた瞬間、容赦なく襲いかかってくるだろう。今、この瞬間にでも。

――でも、だからこそ。

「そんなふうに真摯に幸せを願ってくださる方がいるなら、旦那様は孤独ではなかったのでしょう。……そう思ったら、何だか嬉しくて」

瑠璃はずっと心配だったのだ。景がその出自や外見や魔眼によって、人の輪から遠ざけられていたのではないかと。幽世でも帝都でも、彼はひとりぼっちだったのではないかと。

彼は自分に向けられるどんな感情でも強かに利用してしまいそうだけれども、それができるからと言って平気でいられる人ではないと思う。

そんな中で、八手みたいな存在が近くにいたことは景にとって祝福だろうから。

八手が呆気に取られたように口を開く。そうして言葉を探すように瞳を揺らし、のろのろと言った。

「……変な方ですね。当然でしょう。景兄はずっと瑠璃さんを探していましたけれどね、その間ずっとそばにいたのは僕なんですから」

その声はどこか誇らしげで、懐かしむような気色があって、ふわふわの麵麭《パン》みたいに和らいだ瑠璃の胸がちくりと痛んだ。

「……きっと、旦那様と八手さんの間には色々な思い出があるのですね」

痛みを押し込めるように問いかけると、八手が首を傾げる。

「そうですよ、羨ましいんですか？」

「うっ、羨ましい……？」

なるほど確かにそうかもしれない。さすが鬼、こちらの急所を的確に抉《えぐ》ってくる。

瑠璃は胸元を押さえて、幾度か深呼吸をした。慣れない書物とインクの匂いが、余計に心をざわめかせる。

どれほど惜しんでも詮無《せんな》いことだ。瑠璃にはもう触れられない事象で、変えようのない過去。

けれど、八手もぷいっと頰を膨らませた。

「僕だって瑠璃さんが羨ましいですよ。出会ったのは瑠璃さんが先ですから」

その頬の丸さがあんまり子供みたいだったので、瑠璃の心がゆっくりと凪いでいった。

（……八手さんも、同じなのね）

八手は瑠璃とはあまりにも異なる存在だけれど、彼にもどうしても思い通りにならないことはあるらしい。

景に助けられたあの日、瑠璃の運命は決まったような気がするけれど、同様に八手にも運命と出会った日があったのかもしれない。

瑠璃はそろそろと八手を差し仰ぐ。

「幽世にいる間、旦那様はどんな方だったのでしょうか？　旦那様は、あまり昔のお話はされなくて……」

八手は乱れた髪を整えていた手をぴたりと止めた。それからはっきりと瑠璃を正面から見据え苦笑する。つい漏れ出たというような、親しみを帯びた息遣いだった。

「それ、瑠璃さんには今の格好良いところだけを見せたいんですよ」

「では八手さんは格好悪い話をご存知なんですか？」

「うーん、そう言われるとあまり思いつきませんね。出会いの話なんかをすると、僕の方が格好悪いですし」

「出会い？」

興味をそそられて問いかける瑠璃を制して、八手が執務机の方へ戻った。そうして椅子を抱えてきて「立ちっぱなしで疲れるでしょう。座ったらどうですか」と瑠璃の前に置く。自分は本棚にもたれ、ゆったりと腕を組んで遠くに目線を送った。

「景兄は、ある日、鬼の一族の門前に行き倒れていたのを、僕の父に拾われたんです。一族は騒然としていましたよ。常世に帰すのかと思ったら、父はまるで息子みたいに育て始めて、術の修行なんかもさせて。魔眼を持っているとはいえ、ただの人間にそこまでする意味がわからなかった。僕もそうです。だから少し意図を探ってやろうと……まあ、霊力比べを仕掛けてみまして」

「霊力比べとは？」

椅子にちょんと座った瑠璃は、聞き慣れぬ単語に首を傾げる。

「単純に、霊力を互いにぶつけ合う勝負です。死ぬ以外は何をしてもよし。最後まで立っていた方が勝ち。鬼はかなり力を重視しますから、この結果如何《いかん》でかなり周囲からの扱われ方が変わる」

「へえ……」

決闘みたいなものかと想像する。帝都には決闘罪が敷かれているため、路上で喧嘩でもすれば警邏によって摘発されるが、幽世ではそうではないらしい。力によって強さを測る、鬼らしいといえば鬼らしいしきたりだ。

「僕は負けるつもりはありませんでした。これでも鬼の嫡男ですからね。でも……景兄は圧倒的だった」

組まれた腕に、ぐっと力が籠もる。

「あの目が理由なんでしょうが……立ち合った次の瞬間には僕は地面に膝をついていた。勝負にもならなかった。あれほど恐ろしいことは生まれて初めてでしたよ。観戦していた同族が嗤っているのを感じました。霊力比べに負けた以上、僕は嫡男の資格を剥奪されてもおかしくなかった。驕った自分に下された罰なのかと泣きたくなりました」

そのときを思い出しているのか、八手の表情が翳《かげ》りを帯びる。

「でも、僕が負けを認めるよりも先に、景兄が言ったんです」

ぶわりと膨らんだ鬼火が八手の顔を明るく照らす。不穏な影が拭い去られると、生き生きした光の粒が周囲に振りまかれるようで、瑠璃はぱちぱちと瞬きする。きっとその名は憧憬というのだろう。

「『俺が一番強いのだから、八手が負けたのは当然のことだ。八手をどうこう言いたいやつは、俺に勝ってからにしろ。いつでも霊力比べを受け付ける』って」

息を詰めて聞いていた瑠璃は、ほうっと吐息を漏らした。

「それで……どうなったんですか？」

「どうなったと思います？」

目をきらきらさせて八手が身を乗り出す。もう瑠璃は、その目を怖いとは思わなかった。

「本当に全ての鬼に勝っちゃったんですよ！」

「すごいですね……！」

「すごいでしょう？　その後、僕は聞いたんですよ。どうしてこんなことをしてくれたのかって。そうしたら」

八手は目を伏せ、面映《おもは》ゆそうに言った。

「『鬼の屋敷に来たとき、人間である俺に最初に声をかけてくれたのが八手だっただろう。それだけだ』って。そんなの……僕は忘れていましたよ。たぶん、景兄がどんな人間なのか知りたかっただけで、貸しを作ったつもりでもなかった。それなのに……」

言葉を詰まらせた八手に、瑠璃は思う。

景は優しいのだ。ただ親切というわけではなく、受けた恩義を返す誠実さを持っている。たぶん、彼の周囲に人が集まるのもそれが理由なのだろう。

八手は何度か深呼吸をして息を整えてから話を結んだ。

「宣言通り最後の鬼を負かしてから、僕は一生景兄の弟分でいようと誓いました。帝都で商會の手伝いをしているのも、そのためです。だから……瑠璃さん」

八手がキッと瑠璃を見据えた。

「どうか、景兄のことをお願いします。僕は鬼だから、愛とか恋とか……家族とか、正直よく理解できません。でもあの方になるべく幸福でいてほしいとは、思っているんです」

見つめ合うふたりの間を、ゆっくりと埃がきらめいて落ちていく。

瑠璃はぎゅっと両手を組み、目が回りそうになるのを必死に堪える。椅子に座っていてよかった。こんなに切実な祈りを打ち明けられて、立っていたら床に崩れ落ちてしまうに違いなかった。

自分がどれくらい役に立てるのだろうか、だとか、そんな資格があるのだろうか、とか、不安はいくらでも生み出せる。

（でも、八手さんが仰っているのはきっとそういうことじゃない。私はもう、決めたはず）

——景と向き合うのだと。

瑠璃はおもむろに椅子から立ち上がり、八手と正対した。八手の面持ちがハッと引き締められる。

「わかりました。お任せください、なんて嘘はつきたくありません。ですが、私は旦那様に……旦那様の想いに、報います」

今の瑠璃が約束できる、精いっぱいの答えだった。

八手が静かに腕を伸べる。握手を求められているのだと悟って、瑠璃はその手を握った。思いの外温かい手のひらだった。

八手は無言で瑠璃の手を見つめていた。やがてゆっくりと離し、淡く微笑む。

「それで十分ですよ」

八手とともに応接室に戻ると、弁当を食べ終わったらしい景とソーダ水を飲み終えたらしい雀千代が待っていた。入室するとすぐに景がこちらに顔を向け、八手と瑠璃の顔色を見て取る。

「どうやら話し合いは無事に終わったようだな」

「はい。お時間をいただきありがとうございました」

窓から差し入る陽光と、その陽だまりに包まれた景の様子に瑠璃はホッと息を吐く。丁寧に包み直された弁当箱に気づいて、思わず訊ねた。

「あの、お弁当のお味はいかがでしたか？」

「美味しかった。瑠璃の料理に外れはないな。いつもありがとう」

景が笑んで言うので、瑠璃の心もふわりと軽くなる。届けられて良かったと胸がいっぱいになってしまって、黙って頷くしかできなかった。

心なしか温《ぬる》んだ応接室の空気を、八手の声が引き締める。

「というか景兄、瑠璃さんをここに連れてきたのは、彼女に知らせたいことがあるからですよね」

「そうなのですか？」

景と八手を交互に見れば、景が顔をしかめて諾う。

「ああ、そうだ。瑠璃の誘拐事件について軍部が調査結果を寄越してきた」

「軍部が旦那様に？　なぜですか？」

表向き、景はただの商會の会長だ。軍部が親切に結果を教えてくれる理由がわからない。

瑠璃を景の隣に案内しながら、八手が説明してくれる。

「軍部は帝都の治安維持を目的とした組織なんですよね。祓い主も軍部の特殊部隊のひとつとして位置付けられていますし。ただ誓約がある以上、妖と人間は共存していることになっていますから、妖絡みの事件はあんまり大々的に軍部が出張りたくないんです」

「軍部が出動した時点で、人間側に敵意あり、と見做《みな》されるからですか」

「そういうことです。飲み込みが早いですね」

ついさっきまで刺々しかった八手に褒められると、背中がこそばゆいような気分になる。

景が隣で満足げに頷いているのも何やら照れくさい。

瑠璃の対面に座した八手が、にっこりと景に笑いかける。

「そこで景兄の出番というわけです。これだけ幽世に通じた人間はいませんから、秘密裡《ひみつり》に事件を解決するにはうってつけですからね。密かに帝都の平和を守っているんですよ」

誇らしげな八手に、景が苦笑を見せる。

「軍部に恩を売っておけば、商會の業務でも何かと使える。俺が義侠心《ぎきょうしん》に富んでいるわけじゃない」

「えー、もう、素直じゃないんですから」

景はそれ以上取り合うつもりもないようで「――それで」と話を仕切り直した。

「調査結果は？」

「はーい。今からご説明しますね」

景に命じられ、八手が朗らかに返事をする。景に頼られるのが嬉しくて仕方がないという風情だった。

八手が資料を見ながら説明していく。

「まず、瑠璃さんの誘拐事件のあらましから。犯人は昔、景兄と同じ貧民窟にいた人間たち。手口は、羽栖邸の内側に〈扉〉を開き、内部から瑠璃さんを攫った。結界が張ってあっても、内側に穴を空ければ突破できますからね。動機は景兄への嫉妬」

「おかしいだろう。なぜ勝手に〈扉〉が開く？　其奴らはそれほどの術の使い手なのか？」

雀千代が怪訝そうに口を挟む。八手がバサリと資料を振った。

「いいえ。彼らはただの破落戸《ごろつき》で、搾りかすみたいな霊力しか持っていませんでした。それでも〈扉〉を開けたのは、そうできるように術を組み立てた者がいたからです」

「彼らは何と言っているんだ」

「何も。ひとつも覚えていないと証言しています。これはサトリの調査官による尋問結果なので真実でしょう」

景の問いかけに、八手は悲しそうに首を振る。サトリは人間の心を読める妖だ。軍部にはそんな妖も在籍しているのか、と瑠璃は興味深く耳を傾ける。

「ただ、非認可の〈扉〉が開いたのはあの日が初めてではないようです。今回の件を皮切りに過去の事件を調べ直したところ、これまでにも数回開いた痕跡があって……ああ、最初は八年前ですね」

八手が資料に目を落とし、眉をひそめる。なぜか瑠璃に向かって案じるような視線を送った。そうして何度か資料を見直し、間違いないと確認してから、八手は言い渡した。

「最初に開いたのは八年前。場所は羽栖邸です」

「えっ……⁉」

まったく予期せぬ事実に、ドクリ、と心臓が嫌な音を立てて軋む。

顔色を失う瑠璃の前で、八手の薄い唇が悪夢のように蠢いた。

「日付は三月の三日。覚えはあります？」

問われた瞬間、激しい耳鳴りに襲われた。膝上で揃えた手のひらがじっとりと湿る。

それは、その日は。

「私の両親の命日――羽栖家が妖の襲撃を受けた日です」

あの日の光景が、眼裏にまざまざと蘇りかける。どこからか突如押し寄せた妖の群れと、見送るしかできなかった景の背中と、瑠璃を守ろうとする母親の姿。

青ざめる瑠璃の手がそっと握られた。右側を見れば、景がこちらを真剣な面差しで見つめている。

「落ち着け、瑠璃。それはもう過ぎたことだ。今、あなたの隣にいるのは誰だ？」

瑠璃は目の前の青年を見つめ返した。青と黒の瞳がこちらを捉えて離さない。その可惜夜の瞳を見ていると、不思議に心が落ち着いてきた。この不思議な色彩は、過去にはなかったものだ。

浅く息を吸い、細く吐き出した息に答えを忍ばせる。

「だんな、さま……」

景の眦が安堵したように和らぐ。握られた手に、ぎゅっと力が込められた。瑠璃が他のどこでもない、景の隣にいると教えるように。

「そうだ。あなたは羽栖瑠璃。俺の婚約者で、何かに脅かされることは絶対にない。いいな？」

瑠璃が小さく頷くと、景は恭しく瑠璃の手を膝に戻した。それから顔つきをあらためて一座を見回す。

「しかし、今の話で八年来の謎が解けたな。どうやって祓い主の結界を破ったのか、ずっと不思議だった。瑠璃を誘拐したときと同じように、屋敷の内側に〈扉〉を開いたんだろう。そしてそこから妖が侵入して……」

瑠璃に配慮してか、言葉を濁す。八手と雀千代にまで気遣わしげな目を向けられて、瑠璃は背筋を伸ばした。努めて冷静な声で言う。

「でも、どうしてそんなことが……」

「それはまだわからない。だが、ひとつはっきりしたことがある」

景が迷いのない口ぶりで断言した。

「あの襲撃は瑠璃のせいではなかった。瑠璃の体質が妖を誘《おび》き寄せたわけではない。悪意ある誰かが邸内に妖を導いたんだ。……それはそれで辛いことだが」

「え……？」

夢想だにしない指摘に、瑠璃は絶句する。だが確かにその通りだ。あの日、羽栖邸内には誰かの手によって〈扉〉が開いた。それは瑠璃が行ったことではない。

（……そう、だったの）

ずっと自分を責めていた。瑠璃の忌むべき体質が不幸を招いたのだから、どんな仕打ちを受けても仕方がないと諦めていた。大切な家族を死に追いやった自分の命など、無価値だと決めつけていた。

それが今、思いがけず真実を明かされて、長らく瑠璃を縛りつけていた鎖が、粉々に砕けて消えていくような気がした。

左側に温もりを感じる。雀千代が身を寄せて、瑠璃を見上げているのだった。

景が腕を組み、思慮深げに呟く。

「それぞれの事件に繋がりがあるかは不明だが、そもそも非認可の〈扉〉を開《ひら》ける存在、という時点で容疑者は限られてくる。そんなことができるのは、幽世でも指折りの大妖――鬼か烏天狗か九尾《きゅうび》だ」

途端、くわっと雀千代が目を剝いた。

「我ら烏天狗ではないぞ！」

「もちろん鬼でもありません」

口を揃える八手と雀千代に、景は指折り数える。

「烏天狗の一族は人間嫌いだ。わざわざ手出しする可能性は低い」

「そうだ。我らは帝都には関わらぬ。烏天狗は妖としての矜持《きょうじ》が高いゆえ、縄張りである幽世の霊山から出ることさえ穢《けが》れと考えているほどだ」

雀千代がむすっと言うのに、八手も同意を示した。

「僕もそう思います。烏天狗が〈扉〉に関わるとは考えづらい」

景もふたりに頷きかけ、それから八手に目を向けた。

「では烏天狗は除外するとして。……八年前の三月三日、〈扉〉が開いたのは一回きりなんだな」

「調査結果によるとそうです」

八手の回答に、景はこめかみに指を当てた。

「現状、帝都と幽世を行き来するためには〈扉〉をくぐるしかない。ならば、俺が幽世へ行ったのには、羽栖邸で開いた〈扉〉を使ったはずだ。あの日、妖は襲撃後に逃げて行ったのだから、そのどさくさに巻き込まれたのだろう。もし鬼の一族が〈扉〉を開いたなら、なぜ俺は鬼の一族の門前に倒れ、あまつさえ育てられることになったんだ。鬼に後ろ暗いところがあるなら、口封じに殺されているはずだ」

「そうやって怪しまれないようにするためかもしれませんよ」

八手が苦笑を見せるが、景は首を横に振る。

「元々、八年前のあの日に〈扉〉が羽栖邸に開いたことがバレるのは予想外だったんだろう。そんな偽装をする理由はない。……見知らぬ人間の子供を拾う必要なんてなかったんだ」

景は過去を偲ぶように両目を細める。八手も雀千代も物思いに耽るように口を閉ざし、応接室には沈黙が漂った。けれども気詰まりではない。それぞれの過去や家族を思い返しているのであろう穏やかさだった。

そんな中、瑠璃はおずおずと手を挙げる。

「あの、九尾とは、どのような妖なのでしょうか」

夢想が解けたように一斉に注目が集まる。変なことを聞いてしまったか、と瑠璃は冷や汗をかいた。

「妖狐だな。ただ、幽世に妖狐はもうひとりしかいない。そのひとりの名が九尾だ」

「えっ……？」

景の説明を火種にして、頭の隅にちかりと閃《ひらめ》く記憶があった。

汗ばむ陽気の春の日。門前に倒れていた雀千代を一緒に運んだ妖は紛れもなく。

「……雀千代さんが襲われた日に、私はおそらく妖狐に会っています」

「何だって？」

座がどよめく。瑠璃は顎に指を添え、懸命に記憶をたぐった。

「確か、長い銀髪の成人男性の形をしていました。金色の獣の耳と尾が生えていて……何本かまでは数えていませんが」

「九尾だ」

景が短く答えた。それから一転して心配そうな表情になり、瑠璃に問う。

「何かされなかったか。危ない目には遭っていないか？」

「いいえ、何も。どちらかといえば親切で……」

九尾との邂逅について手短に話す。突如現れて雀千代を運ぶのを助けてくれたこと、昼食を食べ損ねたと嘆いていたこと、鼠かもしくは瑠璃の血肉が欲しいと冗談を飛ばしていたこと。

だが、話すうちに景の顔つきが険しくなっていった。

「食べ損ねた、か。なあ八手、あの日、俺は商會の緊急の呼び出しで屋敷を留守にしていた。あれは何の用事だったか」

「倉庫に賊が入ったので、その被害確認でした。結局、警備の働きで荷物は無事でしたが犯人は煙のごとく消え失せて。……荷の中身は、呪術用の鼠や鼬《いたち》です」

言いながら、八手が「もしや」と瞠目《どうもく》する。景が苦りきった顔でため息をついた。

「九尾で決まりだろう。倉庫の襲撃にも一枚嚙んでいたな。出入りに〈扉〉を使ったんだ。それであの日、空中に〈扉〉が開いて雀千代が襲われた。ちょうど九尾と鉢合わせてしまったんだろう。九尾め、一体なんだってこんなことを」

話の行方に困惑して、瑠璃は声を上げた。

「だとすると、羽栖家への襲撃も妖狐……九尾が行ったのですよね。羽栖家に何か恨みでもあったのでしょうか」

八年越しに下手人《げしゅにん》が明らかになったというのに、自分からは遠い存在すぎて憎悪も怨嗟《えんさ》も湧いてこない。瑠璃が知っているのはあの刹那の遭遇だけ。それも大した話をしたわけでもない。あのとき九尾は何を考えていたのだろうか。

一番あり得そうなのは怨恨だが、両親から、九尾に関する話を聞いた覚えはなかった。彼に近しい妖を祓ったとか、そういうことがあったのかもしれない。

景は緩くかぶりを振った。

「妖狐の論理は人間にはわからない。直接締め上げてやろう。あいつは幽世の最奥にいるから会うにはそれなりに準備がいるが」

魔眼の輝きが深みを増す。瑠璃も頷こうとしたとき、八手が珍しく歯切れ悪く言った。

「あの、景兄……ひとつ言っておきたいんですけど。僕、瑠璃さんに直接会ってわかったことがあります」

八手は瑠璃に目を当てる。澄んだ黄金の瞳だった。

「瑠璃さんには魂がないので、そのまま幽世へ行くのは危険ですよ」

全く意味がわからなくて、その声は瑠璃の耳を素通りした。

（……魂が、ない？　どういうこと？）

何の話だ。意味不明すぎる。そんなはずがない。瑠璃は特筆すべきところのない凡庸な人間で、それどころか祓いの才さえなくて妖を惹きつける忌み子で――。

ドクン、と鼓動が一際大きく鳴る。

そうやって、今まで些細な違和感があっても見て見ぬふりをしてきた全てが――瑠璃のすぐ後ろに立って「見つけた」と囁く声を確かに聞いた。

――つまりはこういうことだった。

「最初に会ったときから変だと思っていたんですよ。明らかに瑠璃さんだけ空っぽで周囲から浮いていて。それでさっきふたりで話したとき、握手に紛れてこっそり術をかけてみたんです。……景兄、怒るのは後にしてください。簡単な捕縛術です。決して傷つけたいわけではなく……はい、本当にごめんなさい。で、術をかけてみたところ、一切効いている素振りがなかったんですね。祓い主だったら抵抗もできるでしょうけれど、瑠璃さんはそうじゃない。術は魂に作用するものです。だから、瑠璃さんには魂がないのだと」

流れるように言って、八手は言葉を区切った。窓の外、雲が流れたのか日が陰って応接室は薄暗い。

その中で、鬼の金色の瞳が炯々と光を放っている。

「僕が鬼の次期頭領で、力の強い妖だからわかったんでしょう。瑠璃さんは『贄《にえ》人形』です」

「贄……人形？」

その金色の視線に射抜かれるようにして、瑠璃はびくりと体を震わせた。

先ほどから頭は痺《しび》れたようで、知らぬ単語を鸚鵡《おうむ》返しにすることしかできない。けれども八手は生真面目な口調で解説を続けた。

「僕も話に聞いただけで、実際に見るのは初めてですけれど。古い禁術ですよ。幽世に流れている三途の川の底を掬って、泥を集めるんです。死者の悲しみとか涙とか絶望とか、そういうものの集積を捏ねて種子にして、人間の胎《はら》に埋め込んで十月十日待つ。そうして産まれてきたのが贄人形。魂はなくて、その本質は死者の絶望だから、妖にとっては美味だとか。今はその髪飾りで、気配も消されていますね」

「いったい、何のことを……」

瑠璃は呆然と顔を上げ、放心状態で周囲を見回した。そうやってよく探せば、どこかにこの事態をすべて冗談で片付けられる呪文が見つかるとでもいうように。

けれど焦点はどこにも合わなかった。こちらを痛ましげに見つめる八手の顔も弁当包みも何もかもが霞んで見える。

「そんな急に言われても……信じられません。私は、だって、母から産まれて……」

瑠璃はかたかたと震えながら抗弁した。風が吹き寄せたのか、窓枠がガタンと揺れる。

「贄人形は人間の女を母体にして、まるで人間の赤子のように産まれるんです。だから親とは血の繋がりもなくて、特に似ていないようですよ。瑠璃さんはどうでしたか？」

どうだっただろう。家族全員で撮った写真など残っていない。はたと思いついて隣に座る景を縋るように見た。

「旦那様……私は、父や母と似ていましたか……？」

景は黙っていた。嘘はつきたくない、けれど本当のことも言えない、とでもいうような沈痛な面持ちで瑠璃を見つめている。それで察してしまった。たぶん、瑠璃は両親とは似ていなかったのだ。

瑠璃は自分の膝に目を落とした。

「ですが、両親に似ていない子供はいます……祖父や祖母に似ているということも……」

わななく唇の隙間から漏れ出たのは、思ったよりもずっと弱々しい声音だった。荒野に吹きすさぶ風より心許なくて、自分を説き伏せることさえ難しい。

八手が話を続ける。

「あとはそうですね。形状記憶能力が優れていて……人間ふうにいうと快復力、というのですかね。すぐに怪我が治るのだそうです。えーと、試してみますか？　なんて」

「八手」

景が厳しい声で制した。「ごめんなさい、笑えない冗談でしたね」と八手が言うのに、瑠璃は首を横に振った。思い当たる節は嫌というほどあった。

「いえ……それは、自分でもわかっています」

治癒力が高いのは瑠璃の取り柄だった。それがなければきっと、遠野家でとうに死んでいた。

とんでもないことを言われている。そんなわけがない、と瑠璃は笑い飛ばさなくてはならない。もしくは、失礼なことを言わないで、と怒るべきなのかも。

「あ……」

けれど口の中は涸《か》れ涸《が》れとして、舌が喉の奥に引っ込んで、意味ある音はひとつも出てこない。それなのに体中にびっしり汗が滲んで、うっすらと湿る感覚が気持ち悪い。

(そんな……はずはないわ。だって私はずっと、普通に、生きて……)

心の中で呟いて、本当に?と疑問が頭をもたげる。それは他ならぬ自分の声で頭蓋にこだました。

怪我の治りが異様に速い体。妖を惹き寄せる体質。

祓い主の家系に生まれたのに、祓いの才能のない自分。

ずっと、ずっとどこかおかしいと思っていた。

深く考えて来なかったのは、異常から目をそらしていたかったからだ。両親と死に別れ、遠野家で虐げられる日々に、これ以上悲惨な情報が一滴でももたらされれば、もう耐えられないと本能で悟っていた。

元々瑠璃は人間ではなくて、作られた人形だったなんて。

両手を持ち上げて、手のひらをじっと見る。血の気が引いて紙のように白くて、小刻みに震えて、でもそれだって、瑠璃の心が動揺しているからなのだろうか。こういうときにはそう振る舞うのが正解だから、作られた体が勝手に動いているだけではないのか。

「景兄は一緒に過ごしていて、奇妙だなと思うことはありませんでしたか?」

八手が景に訊ねるのを、異国で交わされる会話のように他人事の風情で聞いていた。

「……魔眼では、彼女が半分透き通って見える」

景が苦しげに呻く。そうだったのか、と瑠璃は手のひらに視線を落としたまま内心で独りごちた。それなら、きっと、そういうことなのだろう。

瑠璃の正体は人間ではない。絶望の泥を掬って捏ねて作った人形。

にわかには信じ難いが、それが瑠璃の本質なのだ。

「そ、そんなわけなかろう⁉ 贄人形など、我とて禁書でしか知らぬ稀な存在だ。術が効かぬなど、八手の腕がへぼなのだ！」

雀千代が顔を真っ赤にして言い募る。瑠璃はその小さな姿を抱きしめたくなって、微かに笑んだ。

「では……私に術をかけてみてくださいますか」

「う、うむ！　見ていろ、天狗の捕縛術はすごいのだぞ。ちょっとピリッとするかもしれぬが、それだけだ」

雀千代が胸を張り、瑠璃の額に手を当てる。口中で呪言らしきものを呟く。

瑠璃は瞬く間だけ、希望を持ってしまった。今にも雀千代の術が効いて「ピリッと」した痛みを覚えるのではないかと。

けれど何もなかった。いくら待っても、瑠璃には何も感じられなかった。

「我の術が効かぬなど……」

雀千代の頬から血の気が失われ、大きな瞳が潤んでいく。申し訳ない、と瑠璃の心が痛んだ。この部屋の中で最も諦めの悪いのが彼だった。瑠璃でさえ諦めてしまったことを、雀千代だけはそうではないと抗ってくれた。

（……それだけで、十分。だいたい、人間じゃなかったら何だというの。妖が存在するこの帝都で、そんなの、全然、大したことじゃないわ）

額に添えられた手を外し、瑠璃は無理やり口角を上げて笑顔を作る。

「ありがとう、雀千代さん。……でも、もういいのです。薄々わかっていたことでした。だって変でしょう? 私、簪で肩を刺されても数分後には怪我が治ってしまうんですよ。他にも、火箸で打たれたことも、氷水を浴びせられて真冬の庭に放り出されたこともあります。それでも傷は残らなかったし、風邪ひとつ引かなかった。普通なら、とっくに取り返しのつかないことになっていてもおかしくないのに」

「瑠璃……」

雀千代が悲しげに目を伏せる。笑みを繕った頬が引き攣りそうだった。

「だから……だから、私の正体が何であったって」

平気ですよ、と言おうとして、くらりと目が回った。

胸の内に、母と言葉を交わした最後の記憶が引き摺《ず》り出される。

あの日、無才の瑠璃は屋敷の奥、強固な結界を張ってあった隠し部屋に押し込められた。

瑠璃とて状況はわかっていた。怖かったけれど景のおまじないが効いていたから、母の手をしっかり握って、慌てず騒がず隠し部屋に身を潜めた。

そうして隠し部屋に封印を施す段になって、母は最後に言ったのだ。

『何かあっても、絶対にまたいつか会えるわ。お母さんは、お父さんと一緒に瑠璃をちゃんと待っているからね』と。

――帝都においては、死後の再会が現実的に約束されている。

ここで亡くなった人間は、三途の川を越えて幽世へ辿り着く。重たい肉体を脱ぎ捨てて、魂だけになって、幽世で大切な人と再びの生活を楽しく過ごすのだ。

しかし、瑠璃には魂がないというならば。

耳元では、あの日聞いた悲鳴と怒号が反響する。脳をかき回すようなそれと、心配そうに取り縋る雀千代の声とが入り混ざって区別がつかなくなる。

体が傾いで、呼吸は浅くなって、騒ぎ立てる心臓を抱えるように前のめりになって。

――もう二度と、両親には会えない。

けれどこの狂おしいほどの追慕だってどこまでが瑠璃の心なのか。そもそもそんなものが存在するのか。瑠璃の体が作られたものだというなら、そこから生まれた心だって所詮は人の真似事なのではないか。

――それなら、景への想いだって幻ではないのか。

瑠璃の意識はそこで途切れた。

倒れ込む寸前、誰かに抱き留められたような感覚だけを残して。

■第四章

気づけば、瑠璃《るり》は柔らかな寝台に寝かされていた。

（……お屋敷の寝室だわ。戻ってきたの、ね）

重い瞼を上げて四囲を見やれば、見慣れた天井と部屋が映る。近くの窓には夜の帳が下りていて、冴え冴えとした月光が斜めに差し込んでいた。

むくりと身を起こす。寝室には誰もいない。体を検めれば、髪はほどかれて長襦袢《ながじゅばん》姿だった。枕元に椿の髪飾りが置いてある。きっと介抱に苦心したであろう景《けい》たちを思うと、申し訳なさで気が塞いだ。

寝台を出て、ぎくしゃくと歩き出す。寝室の扉を押し開け、壁伝いに廊下を進み始めたところではたと気がついた。

一体自分はどこへ向かおうとしているのだろう。

何だか不思議な心持ちだった。雲を踏むように足取りは頼りない。それなのに、足は目的地を知っているみたいにひとりでに動く。

この身はそういうものだとすでに識《し》っていた。

瑠璃は裸足でふらふらと邸内を歩く。涼しい夜だった。渡り廊下を渡り、平屋に差し掛かると、足裏に檜《ひのき》の床材のひんやりした感覚が伝わってくる。

やがて、庭に面した縁側に座る人影を発見した。

「……旦那様？」

こちらに横顔を向けた格好で、庭に群れ咲く桔梗《ききょう》を眺めている。スーツの上着を脱いだだけの簡素な身なりだった。

瑠璃の声に、景がふっと顔を横向ける。瑠璃を見とめて口の端が緩んだ。

「起きたか。気分は……いや、体調はどうだ」

「問題ございません」

瑠璃の体は勝手知ったる調子で動いて、滑らかな仕草で景の隣に座った。景がわずかに首を傾げる。

「先ほどの話についてだが……」

「先ほどは、介抱していただいてありがとうございました」

「……ああ」

噛み合わない会話に景の眉がひそめられる。それでも瑠璃の口からは決まりきった言葉しか出ない。いや、出せないのだ。景の言葉から連想される反応を、定められた通りに出力している。

瑠璃の視点は今や天井付近に浮いていて、景と自分が話しているのを上から見下ろしていた。

体が自分で制御できない。舞台の上で進行する劇を客席から眺めているように、瑠璃の意識はふわりふわりと飛んでいる。

これはどういうことなのだろう、と瑠璃はぼんやり思った。何か明らかに異常なことが進行している気がするが、思考には靄がかかったようで上手にものを考えられない。

眼下で会話は続いている。

「旦那様は何をされていたのですか?」

「得物の手入れを」

景が、そばに立てかけてあったステッキを手に取る。ゆっくり瞬く瑠璃の前で真鍮《しんちゅう》の持ち手を引き抜いてみせた。

「あらまあ」

その下から現れた白刃に、瑠璃は大げさに手を合わせる。白銀の月光を受け、刃が白々と輝いていた。仕込み杖だ。天井から見下ろす瑠璃は、その輝きに不穏なものを感じる。

自分が目の前にすれば、あらまあ、なんて安穏としていられるとは思えなかった。

「護身用に持ち歩いている。帝都一の商會の会長とはよく言ったもので、実際はいつ誰に襲われるかわからん立場だからな」

「お見せいただいても?」

無邪気に手を差し出す瑠璃を、景が見つめる。もの問いたげな沈黙が流れた後、景は頷いた。

「ああ、構わない。……気をつけろ」

最後に付け加えた注意は、一体誰に向けたものだったのか。

持ち手を受け取った瞬間、瑠璃が間髪入れずに景に向かって刃を振りかぶった。

「瑠璃！」

鋭い声にも瑠璃が怯む様子はない。迷いなく切先を景の眉間に振り下ろそうとし、あっさりと両手首を景に捕まえられている。

一体何が起こっているのか、と混乱しているのは瑠璃の意識だけのようだった。瑠璃の体と、そして景は何もかも承知しているというように落ち着き払っている。

「これは瑠璃の本意ではないはずだ」

瑠璃は綺麗に微笑むばかりで答えない。その両目は確かに笑みの形をしているのに、玻《は》璃《り》の珠でも嵌め込まれたようにうつろで、空っぽで、景の呼びかけに反応を示す気配もない。

景が寂しげに視線を下向けた。

「あなたの正体が何だったとしても。俺は――」

言葉の続きを聞こうとして瑠璃が意識を向けたとき、近くの襖が勢いよく開いた。八手《やつで》だ。右手に抜き身の刀を提げ、肩をそびやかしている。

「ああやっぱり」

瑠璃の体を痛ましいものを見る目で見つめ、鬼の少年は声を落とした。

「あのときは言えなかったんですが、贄人形には致命的な弱点があります。行動を創造主に操られてしまうんです。だって食べられるための人形でしょう。いざというとき、怯えて逃げられては元も子もないですから」

ならば、と瑠璃の意識は思った。

たった今、瑠璃の体を動かしているのは瑠璃の心ではないのだ。もはや瑠璃の心の自由というものはどこにもなく、操られるがままに動く人形に過ぎない。

八手が瑠璃に刀を向ける。太刀筋に一切の迷いはなく、けれども秀麗な顔は寒風に吹き晒されたかのようにこわばっていた。

「景兄、どいてください。僕が代わりに始末をつけます。彼女は危険です」

「駄目だ」

「なぜですか！　景兄は殺せないでしょう。婚約者を――瑠璃さんを傷つけることは絶対にできない。だって景兄は彼女をずっと……」

「よせ。瑠璃に触れるな」

景は頑なに首を振って、瑠璃との膠着《こうちゃく》状態を保っている。瑠璃の手首を摑む手がぶるぶると震えていた。強く握りしめ過ぎて、瑠璃の肌に赤い指の痕が残っている。刃先は景の頭上でぴたりと止まり、一切の油断も見せられない。白刃の下、景は揺らがず瑠璃に視線を向けていた。

瑠璃は八手を応援していた。彼の言う通りだ。そんな危険なモノ、遠ざけた方がいい。いつどのように暴発するかわからない人形なんて——。

そこまで思案してハッとする。

この思考回路は辿った覚えがある。未来視を告げられたときと同じだ。

それでもう、同じ轍《てつ》は踏まないと決めたのではなかったか。

思い悩んでいると「瑠璃」と景に呼びかけられた。緊迫した空気にそぐわぬ、柔らかな口調だった。

「たとえ魂がないとしても、あなたの心は、信念は、そんなことで失われないはずだ。瑠璃が瑠璃でなくなるのは、一体どんなときだ。祓いの才がなくても遠野《とおの》家で虐げられても、羽栖《はすみ》瑠璃であり続けたあなたが」

いつしか瑠璃の意識は澄み切って、景の語りにしんと耳を傾けていた。肉体がない分、その意味は直接染み渡ってくるようだった。

景は切々と続ける。

「瑠璃は俺に、逃げないと言った。必ず戻ってくるとも言った。そして俺はあの倉庫で、ずっとあなたのそばにいると誓った。だから今こうしている。瑠璃も約束を守れ」

その言葉は、何よりも強く瑠璃の意識を打った。景と過ごした日々が色鮮やかに蘇る。瑠璃は逃げたくないと、景にも自分自身にも向き合いたいと願った。彼の信頼を裏切らないと決め、八手にだって彼に報いると約束したのだ。

その決意を破るときが、瑠璃が瑠璃でなくなるときなのかもしれない。

意識を天井に浮かばせたまま、揉み合っているふたりに目を凝らす。景に襲いかかる瑠璃は夢のように美しく微笑むのみで、自分はこんな顔ができるのか、と驚いてしまう。どうしてこんなときに笑っていられるの、と肩を揺さぶってやりたくなった。

ついで景の方を向く。諭す口ぶりには揺らぎがなかった。きっと自信満々か、もしくは瑠璃を責めるような顔つきをしている……と思いかけて、声を呑んだ。

瑠璃を前にした景は、本当に、今まで誰の顔にも見たことがないくらいに——悲しげだった。

月光に洗われたように顔面は蒼白《そうはく》で、形の良い唇はぐっと引き結ばれている。黒い左目にも、瑠璃を半透明にしか映さないという魔眼にも——悲しげな光が揺らめいて、ちらちらと瞬いていた。

（ああ——）

もし瑠璃に体があったら、きっとその場にくずおれてしまったに違いなかった。

（私は、この方を悲しませたくない）

意識を貫いたのはその一心。

力が抜けて、思いがまとわりついて、瑠璃の視点がゆっくりゆっくり下降する。

天井の梁《はり》が遠のいて、涼夜の空気を揺蕩って、襦袢の白が近づいて。

そうして体に戻った刹那、瑠璃は仕込み杖を手放した。

カラン、と乾いた音が夜の庭に響く。

目の前で、見る間に景が目を見開く。八手も驚愕した様子で、構えた刀を下ろした。

瑠璃はおそるおそる指を曲げ伸ばししてみる。ずっとステッキを握っていたからか関節がこわばっていた。

「……ただいま、戻りました、旦那様」

乾き切った唇を動かしてどうにかそれだけ伝える。次の瞬間、瑠璃は強く景に抱きしめられていた。

「瑠璃、確かにここにいるな？」

「はい……！」

体を包む力強さに、じわりと涙が浮かんでくる。瑠璃も思いきり抱きしめ返した。

「ありがとう、ございます。私を、信じてくださって」

瑠璃を引き戻したのは景への純粋な想いだった。

自分でも半信半疑だったのに、景だけはいつも瑠璃を信じてくれる。

瑠璃にはもう大切なものがあって、腕に抱えきれないくらいの想いをもらっていて、呑気にぷかぷか宙に浮いている場合ではないのだ。

景がほんのわずかに腕を緩め、瑠璃の存在を確かめるように頰を撫でる。

瑠璃はくすぐったくて、ふふ、と微笑った。涙が一雫だけこぼれて、目尻を濡らす。

景がかすかに息を吞む。それから端正な顔を近寄せようとして、横目に八手をじろっと睨んだ。

「……八手」

「はいはい、言われなくてもお邪魔虫は退散しますよ」

八手は微苦笑しながら鞘《さや》に刀身を収め、ヒラヒラと手を振って襖の向こうに姿を消す。

瑠璃はその姿をぼやっと見送った。今、彼らの間でどんな意思疎通があったのだろう。

「瑠璃、こちらを向け」

抱きしめる腕に力がこもる。呼ぶ声が熱を帯びる。瑠璃は景の腕の中、彼をきょとんと見上げ、そして――。

ふたりの唇が重なった。

柔らかな感触に、瑠璃はとっさに目を瞑る。どうしたらいいのかちっともわからない。

総身を固くする瑠璃に、景がかすかに笑う気配がした。吐息が唇に触れるたびに、ぴくんと肩が跳ねてしまう。宥《なだ》めるように頭をするりと撫でられれば、頭のてっぺんからうなじにかけて、甘く痺れるような感覚が走った。

全部が初めて知るものだった。どんなふうに触れられたら瑠璃がどのような思いをするか、景の方がずっと心得ているようだった。瑠璃が贄人形だからとか、そういうこととは無関係に。

たっぷりと与えられる優しい熱に思考が溶け始めた頃、瑠璃はそっと解放された。くらくらと目が回って、こめかみを指先で押さえる。脳がぐずぐずに溶け出して指を濡らすのではないかと心配だったが、きちんとあるべきところに収まっていた。良かった。

「……あの、旦那様」

乱れた息を整えながら、瑠璃は熱に擦れた声で言う。顔を真っ赤にする瑠璃に比べれば、景はずいぶん涼しい顔をしていた。

「どうした？」

「その……どうしてこんなことを……？」

「こんなこと？」

口調だけは訝しむふうだが、甘やかに細められた目が笑っている。思わずたじろいで顔を伏せると、今度はこめかみに唇が触れた。瑠璃が気をそらすなんて絶対に許さない、という風情だった。こんな状況で彼以外のことを考えられるはずもないのに。

「く、口づけを……」

上目に窺いながらもごもごと告げれば、景がくっきりと口元に笑みを刻む。片手で瑠璃の顎をくいと上向かせた。甘い視線は絡みつくようで、もはやどこにも逃げ場はなくて、どんどん鼓動が強く速くなっていく。

狼狽える瑠璃の目交《まなか》いで、景の笑みが深くなった。

「瑠璃があまりに愛おしくて、堪えきれなくなったからだ」

「いとお、しい……？」

きっと大切なことを告げられているのに、意味を摑み損ねて瑠璃はたどたどしく繰り返す。いとおしい、愛おしい、とは何だったか。そんなものを受けた記憶が久しく存在しない。

景は瑠璃に視線を注いだまま、言い聞かせるように囁いた。

「そうだ。俺は瑠璃を愛している」

は、と瑠璃は息を止めた。

景の声がぐるぐると頭の中に渦巻いてわけがわからなくなる。

彼が瑠璃をずっと大切に扱ってくれていたのは知っていた。自分などにはもったいないほどの厚情で、だから必ず報いようと決めていた。

でもそれは、瑠璃がかつての彼の拾い主だったからではなかったのか。

「旦那様のそれは……忠義心、ではなく」

「その方がよかったか?」

間髪入れずに繰り出された問いに、瑠璃は首を横に振る。良いとか悪いとか、瑠璃が決める問題ではない。

「八年前に拾われたときから、俺はずっと瑠璃だけを想い続けている。刷り込みと言いたければ言えばいい。そんなことではもう変えられないくらい、この想いは根を張って引き剝がせない。ただの忠義でここまでするほど、俺は善良な人間ではない」

確信を込めた口ぶりで語る景の顔は恐ろしく真剣で、瑠璃は身じろぎひとつできなかった。これだけの熱情をどうやって隠しおおせていたのかと不思議にさえ思う。

完全に思考が停止して硬直してしまった瑠璃に、景はかすかに笑いかけた。夜闇に紛れて見逃してしまいそうな微笑だった。

「急にこんなことを言われても、瑠璃にとっては青天《せいてん》の霹靂《へきれき》だろう」

図星なので何も言えない。うろうろと視線をさまよわせれば、優しく体を解放された。

「瑠璃がまだ、こんなことを考えられる状態ではないのはわかっている。……怖がらせたかもしれないな」

縁側に並んで座る形となり、瑠璃はまだ呆然としたまま、震える双手で胸元を押さえた。もはや顔だけでなく、体全体が湯でも注がれたように熱い。心臓が騒がしくて、夜風に揺れる木の葉の音も聞こえない。

(怖い……？　私は、怖いのかしら……？)

この心臓の高鳴りも、全身を駆け巡る熱も、全ては恐怖によってもたらされたものだというのか。

絶対に違う。

「あの、旦那様……」

瑠璃がそう言いかけたとき、視界の端に、銀の燐光を捉えた。

「旦那様、あれは」

景が瑠璃を背に庇うように前に出る。瑠璃は見てしまった。庭の片隅、咲き誇る桔梗の中にぼうっと立つ影がある。

「――九尾《きゅうび》」

景が低く呟く。瑠璃は声を呑む。視線の先に映るのは、銀鼠色の着流しと頭部から生える黄金色の獣の耳。

あのとき会った妖狐だった。

「ああ、本当に残念だなあ」

九尾は微笑みながら言う。底意の知れない不穏な気配が、吊り上がった目尻に漂う。軽く首を傾げれば、背に流れる長い銀髪が天の川のようにきらめいた。

景が縁側に落ちた仕込み杖を拾い上げる。切先を九尾にひたと向け、両目を見開いた。

「せっかく作ったぼくの人形なのに、上手くいかないものだね」

「貴様」

景の手元で持ち手が軋む。魔眼が剣呑に輝いた。

「瑠璃はお前のものではない。履き違えるな」

「いいや、ぼくのものだよ。ぼくがそれを作ったのだから。十八年前、三途の川へ行ってね。――ああ、それとも」

九尾の唇が悪辣に歪む。

「きみのものだとでも言うつもりかい。たかが婚約者の分際で」

景が険しく眉を寄せた。

「何を言っている？　瑠璃は瑠璃のもので、それ以外の何でもないだろう。貴様の言葉はおおよそ傾聴に値しないが、ひとつだけ正鵠《せいこく》を射ているな。その通り、たかが婚約者の分際で彼女を俺のものにできるなら、こんなに苦労はしていない」

一息に言い切って、景は「それで」と話を継いだ。

「お前が創造主だというのだな。瑠璃の行動を操ったのは貴様か。何が狙いだ」

「おかしなことを聞くね。狙いなんて決まっているじゃないか。より美味しく饌《せん》を平らげるための、下ごしらえだよ」

九尾は優美に頷き、ふわりと尾を揺らす。

「十八年前、ぼくは思いついたんだ。贄人形は産まれたらすぐに食べてしまうものだけど、そんなのもったいないだろうとね。もっと肥えさせた方が食べ応えがある」

九尾の金色の瞳が瑠璃に当てられる。甲虫が這ったかのように、ぞわりと肌が粟立った。

「もっと長く生かして、色々な悲しみや絶望を感じさせてから喰《く》らった方が美味しいに決まっている。ほら、ぼくは美食家だから。色々とこだわりがあるんだよ。その点、羽栖家は本当に素晴らしい養い親だった。自らは品行方正なのに、馬鹿みたいな身内がいてね。こんなにぼくの贄人形を育てるのに適した場所はないと思ったよ」

九尾の笑みが柔らかくなる。いっそ慈愛に満ちていると勘違いしそうになるほど穏やかな微笑だった。

「羽栖家の女に種子を植え付けるとき、ついでに初期仕様として呪術式を組み込んでおいたんだ。贄人形の心が完全に折れたとき、最も大切と認識している存在を我が手で殺めるようにね。そうして最も深く絶望したところで、ぼくがいただくというわけだ。なかなか良い着想だと思わないかい？」

その微笑を浮かべたまま、こともなげに九尾は言う。

「なんということを……」

わななく瑠璃に、九尾は冷たい目を向けた。

「最後の一押しだよ。玉露も最後の一滴が美味しいじゃないか」

料理と同列に扱われて、瑠璃の肌に嫌悪感がまとわりつく。今までの人生全てが、九尾にお膳立てされたものだったというのか。瑠璃はただ、生《い》け簀《す》に飼われて俎板《まないた》に乗せられるだけの魚だったと？

両親に愛されて育った時間も、遠野家で暴虐に耐えた時間も、単に九尾を喜ばせるための仕込みに過ぎなかったと？

（違う……違うわ）

そんな馬鹿げた話に頷くわけにはいかない。瑠璃は力いっぱい九尾を睨みつけた。

この妖とは、相互理解ができない。

雀千代や八手とは根本から異なる。九尾にこちらを理解する気はなく、一方的な上位者として君臨したいだけなのだ。

そこでふと、景が呟いた。

「だから俺の未来視は、いつも瑠璃が俺を殺めるところで終わっていたのか」

言われて瑠璃もハッとする。景の未来視の中で、瑠璃はいつでも彼を脅かしたという。

それは瑠璃が必ず景と出会い、どんな過程であれ彼を大切に想う未来が確定づけられていたのと同義だった。

景が一瞬だけ九尾から目をそらし、瑠璃を見つめる。言葉はなくても彼が何を言いたいのか伝わってくるような気がして、しっかりと頷き返した。きっと自分たちは同じことを考えている。

ふたりの間に漂ったほのかな感傷に気づく様子もなく、九尾は滔々《とうとう》と語り続ける。

「呪術式が起動したようだったから、様子を見に来たのだけれど。鷲尾《わしお》景は生きているし、贄人形は生きているしでまったく期待外れもいいところだよ」

九尾の視線を遮るように景が瑠璃を縁側の奥に押しやり、忌ま忌ましそうに顔をしかめた。

「悪食だな。趣味が悪い」

苦々しげな景の言葉に、九尾は朗らかに笑う。

「贄人形に絆《ほだ》されるなんて、きみも難儀だよねえ。それとも、きみも同じような存在だから憐れみを抱いたのかな？　魔眼《まがん》の賓《まろうど》とはぴったりの二つ名だと思うよ。人にもなれず、妖にもなれず。中途半端なきみを受け入れてくれるのは、被造物の贄人形だけなんじゃないか」

景は顔色ひとつ変えなかった。黙って九尾の糾弾を聞き、はっきりと嘲りの笑みを浮かべた。

「そんなわけがないだろう。俺の執念深さを舐めるなよ」

景は迷いなく言い放つ。

「俺が瑠璃を愛しているのは、彼女の在り方が眩しいからだ」

九尾はやれやれと言わんばかりに首を振った。

「それはぼくが行動を操れる贄人形だよ。在り方も何もない。全部作られたものなんだから、それが抱く気持ちも幻想だよ」

「どうでもいいな。貴様の言うことは全てくだらない。瑠璃を生み出したのが貴様だとしても、ここまで道を辿ってきたのは瑠璃で、その過程は瑠璃のものだ。貴様に手出しできる範疇《はんちゅう》の事象ではない」

景に一蹴されて、九尾が初めて笑みを消した。

「まったく。ぼくは愛とか恋とか大嫌いなんだよね。とても不味いよ、それ。吐き気がする。下手物《げてもの》もいいところだ」

「それで？　貴様には非認可の〈扉〉を開いた疑いがある。八年前、羽栖家を襲撃させたのもお前だな」

景に問われ、九尾はにこやかさを取り戻した。

「ああ、あれはね、ぼくが直接手をくだしたわけじゃないよ。でも、やっぱり絶望って幸福を味わったあとじゃないと染みないから。甘味にひとつまみの塩を振りかけるように、肉に下味をつけるときに叩くように。きみ、料理はする？」

不可解な機嫌のよさを見せる九尾に、景が右目を眇める。

──そのとき、裏庭の方で騒がしい気配がした。

「瑠璃！ 大変だぞ！」

平屋の屋根を越えて、雀千代《すずちよ》がほとんど自由落下の速度で飛び込んでくる。真っ黒な水干はぐしゃぐしゃで、ひどく狼狽した形相だった。

途端、笑い声とともに九尾の姿がかき消えた。逃がしてしまったか、と焦る瑠璃を景が制する。

「放っておけ、あれは端《はな》から幻だ。どの道ここで捕らえることはできなかった」

景が顎先で示した方を見て、瑠璃は納得した。九尾は確かに桔梗の花の中にいたはずなのに、それらは踏みしだかれることもなく、夜風に星型の花びらを揺らしている。

「それよりあちらだな──雀千代、どうした」

庭に転げ落ちた雀千代が顔についた土埃も気にせず立ち上がる。ぜえぜえと肩で息をして、屋敷の裏手、蔵の建ち並ぶ方角を指差した。

「また、〈扉〉が開きおって……っ、幽世から低級の妖が侵入している！ 今は八手が対抗しているがいつまで保つか……」

「すぐに行く」

みなまで聞かず景が立った。こちらを見下ろし「瑠璃は安全なところへ」と言いかけるのを、瑠璃は遮った。

「いえ、私も参ります」

宣言し弾みをつけて立ち上がる。今はもう、隠し部屋で安穏としていたくはなかった。

景が微笑み、瑠璃の前髪を軽く手で払った。

「今の瑠璃にはまじないは不要か」

「こ、怖くても、ちゃんと立ち向かいますから」

そう話しながら三人で向かった先、蔵の辺りはひどい有様だった。

低級の妖というのは嘘ではないようで、黒い靄のようなものが一面に広がっている。下草が枯れ果て、そばに植えられた百日紅《さるすべり》が怯えたようにしきりに葉をさざめかせていた。

キィキィと金属の軋むような音が鼓膜を震わせる。

瑠璃は反射的に手で耳を押さえそうになって、ぐっと堪えた。

(こういう光景を見たことがある。八年前に)

冷たくなっていく瑠璃の右手が、ぎゅっと握られる。ハッと見上げると、景がこちらを振り返ることなく、それでも強く瑠璃の手を摑んでいた。

「妖……というよりも亡者か。幽世の浅瀬で惑う死者の魂だ」

景が呟く。魔眼に晒されると、黒い靄たちは一様に身をよじって苦しみ、やがて夜の闇に溶けて消えていった。

「あ、景兄！　お待ちしていました！」

刀を手にした八手が駆け寄ってくる。汗だくになって、荒らげた息を整えながら報告した。

「力の弱い亡者とはいえ、数が多くて難儀して……先ほどやっと〈扉〉を閉めてきました」

「ご苦労だったな。下手人は見かけたか？　九尾が直接〈扉〉を開いたわけではなさそうだった」

「いえ、それが不審な人影はなく……」

八手が首を振ったとき、ヒュッと空気を切り裂く音がして、光の矢のようなものが彼の頭に向けて飛来した。

「祓い主、ですねっ……」

寸前で矢をかわし、八手が唇の片端を釣り上げる。「なかなかいい腕と見ました。だが遅いです」と乱れた前髪をかき上げた。

「――誰だ」

景が光の飛んで来た方へ目をやる。声色は冷え冷えとして、何者も寄せつけぬ超然とした風情だった。思わず繋いだ手に力を込めれば、優しく握り返される。手を包む確かな感覚に、瑠璃はとてつもなく安堵した。

「あら？　私としたことが、妖を祓い損ねるなんて」

蔵の陰から、茶色く枯れた下草を踏みわけて少女が姿を現す。臆する様子もなく、堂々とした足取りで。

瑠璃の息が詰まった。

少女は豪奢な薔薇柄の着物をまとい、頭に瑠璃の簪を挿している。闇夜の中でも見間違えようのない。渚《なぎさ》だった。その後ろには浜子《はまこ》と彦蔵《ひこぞう》もいる。

ここまで来れば、誰が犯人かは瑠璃にもわかった。

「あなたたちが……ここに〈扉〉を開いたのですか？　どうして!?」

悲鳴じみた瑠璃の問いに、渚がつまらなさそうに答える。

「決まっているでしょう。お金が必要だからよ」

「お金……？　それがなぜ、この家を襲撃することに繋がるのですか」

戸惑う瑠璃の声を押し退けて、彦蔵が泡を食ったように叫んだ。

「渚、しっかりしないか！　亡者は消え、〈扉〉も閉められてしまったぞ。八年前、父さんがやったのと同じようにやるだけだ。さほど難しいことじゃない、上手くやれ！」

（八年前……？　同じように……？）

彦蔵の言葉がぐるぐると頭の中を渦巻く。その意味を懸命に咀嚼しているうちに、渚が鈴を転がすように笑った。

「あんまり慌てないで頂戴、お父様。こいつらを殺してしまえば同じことだわ」

浜子も微笑んで諾う。

「大丈夫よ、あなた。渚は優秀な祓い主ですもの。妖の一匹や二匹、すぐに祓ってみせるわ。そうすれば、あとは妖の仕業に見せかけて、瑠璃たちを始末してしまえばいいの。姉さんのときは勝手に妖に喰われてくれたけれど、今回はそう上手くはいかなさそうね」

それでようやく理解が追いついて、瑠璃は今度こそ悲鳴をあげた。

「お待ちください、まさか八年前にも、あなたたちは……！」

渚は取り合わない。まるで聞こえていないかのように懐から札を取り出し、呪言を唱えた。

「鬼門の誓約の下、汝《なんじ》に命じる。我が指先に下れ！」

次に矛先を向けられたのは雀千代。完全に想定外だったらしく「痛ったぁ⁉」と叫んで昏倒した。八手がぎょっとしたように雀千代の介抱を始める。

致命傷ではなさそうだったが、頬を叩いても意識が戻らない。困ったように八手が景を仰ぐと、景が短く頷き返す。

それだけで彼らには十分だったのだろう。八手は素早く雀千代を背負うと、闇に紛れて姿を消した。渚たちには及びもつかない迅速さだった。

「待ちなさい！　不逞の妖どもめ……っ」

渚が再び札を閃かせるが、すでにふたりの気配はない。

それを遮るように、沈黙を保っていた景がすさまじく低く呟いた。

「八年前、羽栖家に〈扉〉を開いたのはお前たちか――！」

夜の森を騒がせる嵐のように、その声は不吉に轟いた。完全に瞳孔の開き切った景に睨まれた彦蔵が、しかしその場に踏み留まって喚く。

「そうだとしたら何だと言うんだ！　遠野家は九尾様に選ばれたのだ。自在に〈扉〉を開く方法を教えられたのも、我々が優れているからこそ。その力を自分たちのために使って何が悪い！」

瑠璃はぎりぎりと歯を食いしばっていた。あまりの浅ましさに吐き気がする。

生ぬるい風が吹いて、月が雲に隠れた。彼らの顔が闇に沈み、わずかな星明かりがぼんやりと輪郭を浮き上がらせる。

闇を貫いて、浜子が甲高く叫ぶ。

「そもそも鷲尾様が悪いんですよ！　少しばかり援助してもらえばいいだけなのに断るから！　だから私たちはこんな夜遅くに忍び込んで、八年前と同じようにあなたたちを殺して遺産を相続しなくちゃいけないんじゃないですか」

瑠璃は思い出す。羽栖家の財産は遠野家に相続され、大半を使われた。

「なら、あなた方は、たかがお金のためにお父様とお母様を――」

わななく瑠璃に、ふん、と浜子が鼻を鳴らす。

「そうよ。姉夫婦も私たちに援助しなかった。でも大して貯め込んでいなくてガッカリだったわ。しかもお前みたいな薄気味悪いガキだけが生き残るなんてね。まあでも、お前も顔だけは良かったから、いい金蔓《かねづる》を誑し込んでくれたのは助かったわね。おかげでお前たちをまとめて殺せば、また遺産を相続できるんだから」

両親への嘲笑も景への侮辱も、全てが許し難かった。全身の血が逆流する。耳障りな笑い声が脳髄に突き刺さって激しく痛む。体の内に炎が燃え広がっていくようだった。炎は血の色をしている。

それが瑠璃の過去も思い出も優しい想いも、何もかもを焼き尽くしていく。たぎる熱に抗えない。目の前の人間たちは生存を許してはいけない邪悪だと胸の中で誰かが囁く。

繋いだ手を振りほどき、ふらりと一歩踏み出したとき。

「瑠璃」

肩に手が触れた。引き止めるでもなく、背を押すでもなく、ただ自分の居場所を伝えるようなさりげない手つきだった。

そんな当たり前みたいな口調で、景は言った。

「復讐するなら俺が代わりにやる。あの奴原を、この世で一番凄惨な目に遭わせてやる。死よりむごい苦しみを与えてやろう」

瑠璃はハッと景を見た。どこにも冗談など含まれていない真剣な顔つきだった。

ここに降り落ちるのはかすかな星影だけでも、彼の表情はよくわかる。右目が相変わらず、異界の星月夜の輝きを灯していた。

ちかちか明滅する視界に、あの雨の倉庫が呼び起こされる。景によって狂った男たちと、流れた血の鮮やかさが。

もう一度、渚たちを眺める。

この人々に、情けをかける義理があるだろうか。

どくどくと耳元で鼓動が鳴っている。口が渇いて舌は上顎に張りついてしまっている。瑠璃の身に渦巻く行き場のない熱の奔流が、どろりとした声になって外に流れ出そうになる。

そのとき、秘密を教えるように風が吹き寄せた。

百日紅の葉がさらさらと音を立てる。雲が流れ、月光が細く差し込む。百日紅の白い小さな花が照らされて、花びら全体が白銀に光る。

「瑠璃が何を選んでも」

そこから先は吐息だけで、誓うように景は囁いた。

「俺はその選択を許す」

決然とした語尾の震えまで正しく聞き取って、瑠璃はぐっと拳を握りしめる。渚たちを視界に入れたくなくて足元に目を落とした。何か喚き立てているようだったが、もはや瑠璃の耳には入らない。

景はそれ以上何も言わなかった。言うべきことは言ったとでもいうように。それでも、と瑠璃は思う。瑠璃が望めばきっと、彼が迷わず自らの手を汚すだろうことはわかっていた。

今や、選択肢は瑠璃の手の中にあった。

妖の餌として作られて、遠野家では忌み子の扱いを受けていた瑠璃の手の中に。

（……皮肉、だわ）

少し前なら、瑠璃が何かを選び取るということはできなかった。

今だって、心の奥底では怖じ気付いている。自分の意見を言うのも、自分で何かを決めることにも慣れない。何を思ったって、結局は全て水面に映る影に過ぎないのではないかとも思う。

でも、それでも。

雲の切れ間から覗く月を見上げ、瑠璃は唇を噛んだ。

瑠璃には魂がなくて。

もう両親には会えなくて。

この体の自由さえ自分のものではなくて。

でも、倉庫での誓いも。デートも。美味しいものを大切な人に食べてもらいたいという願いも。大切な人に手を汚してほしくないという祈りも。

それらは全部本物なのだと信じたい。

両親という光が消えて、その残照がわずかに瑠璃を照らすだけだとしても。

瑠璃は彼らの娘だ。

そして、景の婚約者でありたいのだ。

深く息を吸い込む。涼やかな夜気が体の隅々まで満たし、先ほどまで逆巻いていた熱を清め流していくようだった。

「あの人たちには、もっとふさわしい罰があります。非認可の〈扉〉の使い方が広まったら、帝都の人々は安心して暮らせません。しっかり話を聞いて、これ以上の被害を、食い止めないと。拘束に、留めてください」

たどたどしく告げれば、ふっと景が微笑んだ。「ああ、承った」と言って魔眼を浜子と彦蔵へ向ける。ギャッと叫んでふたりはその場に顔面から倒れ込んだ。ゴツン、と額くらいは割れていそうな鈍い音がする。

「……あの？　旦那様？」

「死んではいない」

景はあっさり言う。彼とて怒ってはいるらしい。顔はやや青ざめて、眉間には深い皺が刻まれていた。目つきの冥《くら》さにゾッと鳥肌が立つ。訂正しよう、激怒している。

今さら結論を変えるつもりはないが、決めたのは瑠璃だ。せめて理由を説明しなくてはと口を開きかけたとき、甲走った声が耳に届いた。

「……嘘よ」

倒れ伏した両親の真ん中で、渚がかたかたと震えていた。大ぶりの瑠璃の歩揺が揺れる。

瑠璃は彼女の気配が変わったのに気がついた。高慢さが消え、なんというのか、帳がひとつめくられたような感じがする。

その下から現れるものが何なのか、瑠璃は知らない。

渚がうっそりと顔を上げる。月光に照らされた顔に浮かぶのは、奇妙に無垢《むく》な面差しだった。

「どうして私ではないのですか？」

紅の塗られた唇から漏れたのは、迦陵頻伽《かりょうびんが》もかくやの可憐な声だった。祈りを捧《ささ》げる乙女のように、渚が両手を組む。その眼差しは瑠璃を通り越し、景にひたと向けられていた。

「鷲尾様は私に簪をくださいましたよね。私、とても大切にしていますのよ。今だって、ほら、ちゃんと付けていますでしょう？」

景の眉が険しくひそめられた。何のことやらわからず、瑠璃は景と渚を見比べる。

渚の付けている簪は、渚に命じられて瑠璃が買ったものだ。確かに代金は景が払ったが、それは果たして景が渚に贈ったと言えるものだろうか。

景がこちらを振り向く。「まさか誤解していないだろうな」と聞かれたので、こくんと頷いた。景は瑠璃の首肯を確認した後、平坦な調子で答える。

「貴様に慈悲ひとつくれてやった覚えはないが」

「どうしてそんな嘘をつかれるのですか？　私をよく見てください。あなたにふさわしい運命を持った女ですわ。思い出だってあります。あの春の庭で私は鷲尾様に救われました。あなたが覚えていなくても、私は覚えています。私の鼻緒が切れて困っていたときに、あなたが親切に直してくださったことを……」

うっとりと渚が語るのを、瑠璃はそうなのか、と思って聞いていた。羽栖家に出入りしていればそういう一幕もあっただろう。だがそれが運命やらと何の関係があるのか、と当惑する。

景が呆れたようにため息を吐き出した。

「何度も言うが、俺はそれを覚えていない。特別なこととも思わない。ごくごく一般的な親切を、勲章のごとく掲げられても困る」

「ひどいことを言わないでください！　私はあなたに恋をしているのですよ⁉」

「だからどうした」

景は冷ややかに言う。渚に向ける眼差しには、一片の慈悲も含まれていなかった。

「貴様の恋心とやらにそれほどの価値があると？」

渚が言葉を詰まらせ「……そういうことですか」と声を絞り出す。

「鷲尾様は、瑠璃以外をお選びにならない」

「その通りだ」

がばりと渚が顔を上げる。長い髪が振り乱れ、今にも簪が落ちそうだった。幽鬼のように頬が瘦《こ》けて見える。

「どうして瑠璃なのですか⁉　私だってあなたの運命になれたはずなのに！」

景の答えは短かった。

「なれるものか。貴様のごとき下賤《げせん》の娘が」

渚が限界まで目を見開く。眼球には赤い血管が剝き出しになっていた。

「そんな……そんな……っ」

白っぽくなった唇を震わせ呻き、それから渚は勢いよく懐に手を突っ込んだ。

真っ赤な瞳が瑠璃を鋭く睨みつける。

「あんたなんか、ただの人形のくせに！」

渚の手には一枚の札が握られていた。禍々しい黒色で、瑠璃には読めない複雑な文字が書かれている。

けれど本能的に瑠璃は警戒した。生き物としての本能ではなく、贄人形としての本能が警鐘を鳴らす。あれは嫌なものだ、間違いない。

眉間をこわばらせる瑠璃に、耳をつんざく大きさで渚が高笑いを始めた。

「あっははは！　あんたが婚約したあと、九尾様は私にだけはあんたの正体を話してくれたのよ。あんたが逃げ出したら、いつでも捕まえられるようにね。ほら、もう動けないでしょう！」

すらりと渚に指差されると、また意識が浮かぶような感覚がする。自分が煙になって、うなじの辺りからすうっと抜けていくような。

景が渚を拘束しようとしたが、瑠璃は必死に声を振り絞った。

「大丈夫……です。少しだけ、手を握っていてくださいますか」

もう戻り方はわかっている。烏夜の中でも何を標にすべきか、ちゃんと知っているのだ。

景は瑠璃の意識を押し留めるように、ぎゅうと強く抱きしめてきた。思わず微笑みが漏れる。手を握ってもらえればいいと思っていたが、こちらの方がずっと嬉しい。

すぐに体が自由に動くようになって、瑠璃は景を抱きしめ返した。そうして体を離し、渚に向き合う。渚は愕然と口を開け、瑠璃と景を凝視していた。

「渚、もうやめましょう」

「私に命令するんじゃないわよ！　動くな！　跪け！　鷲尾様から離れろ！」

「あなたの言うことにはもう従いません。私を縛れるのは、私の心だけです」

次々繰り出される術も、瑠璃にはそよとも感じられない。渚が髪の毛を掻きむしり地団駄を踏んだ。簪が抜けて足元に転がった。

「何で術が効かないのよ……！　おかしいわよ、クズ札を掴まされたんだわ」

渚は癇性《かんしょう》にぶつぶつ言い、勢いよく振りかぶって地面に札を叩きつけた。だが地面に着くか着かないかのうちに、札は霞となって跡形もなく消える。それは見る者の背筋をぞくりとさせる薄寒さだったが、すでに渚の眼中にはないようだった。

「どうしてよ！　私にだって思い出があるのに！　私こそが運命のはずなのに……っ！」

彼女は瑠璃の声を遮るように両手で耳を塞ぎ、転がる簪を幾度も踏みつけている。歩瑶が外れて軸がぐにゃりと歪むさまに、瑠璃の胸が鈍く痛んだ。

景が瑠璃の肩に手を置き、かぶりを振る。

「完全におかしくなっている。何を言っても無駄だ」

瑠璃もそう思った。それでもついに一度も心を通わすことのできなかった従姉妹へ、声をかけずにはいられなかった。

「さようなら、二度と会うことはないでしょう」

月光が静かに降り注ぐ。瑠璃は景の手に触れ、込み上げるものを必死に飲み下した。景は黙って、瑠璃に寄り添っていた。

■終章

その後、彦蔵《ひこぞう》、浜子《はまこ》、渚《なぎさ》の三人は逮捕され、遠野《とおの》家は爵位を剥奪されることとなった。今から取り調べが始まるが、非認可の〈扉〉の開錠に、瑠璃の両親への襲撃を加味すれば相当に重い量刑が下されることは確実だという。

九尾《きゅうび》は幽世へ姿を消した。

とはいえこれ以上の騒ぎとなるのを恐れてか、〈扉〉が開くことはなくなり、帝都は平和を取り戻した。

そういった諸々を、瑠璃《るり》は夜の縁側で景《けい》から聞かされた。

「遠野家の内証《ないしょう》は相当に苦しかったようで、複数の筋から借金をしていることも判明した。屋敷などの主だった財産はすでに差し押さえられているから、仮に釈放されても復権は難しいだろうな」

「そうですか……」

複雑な顔をして瑠璃は頷く。ずっと自分を虐げていた彼らの顛末《てんまつ》を聞いても、特に感情は湧かなかった。しかるべき刑罰を受けたのであれば、それで良い。

それよりも瑠璃には気にすべきことがあった。

「旦那様、ずっとお尋ねしたかったことがあるのですが、よろしいですか？」

「何だ」

右側に座した景が、瑠璃の方へ顔を向ける。惜しみなく注がれる月光に、端正な着流し姿がよく映えていた。

瑠璃はその顔をじっと見つめ、言葉を探し探し問うた。

「私は三途の川の泥でできた贄人形で……どうやら、人間ではないらしいのですが」

「らしいな」

「旦那様はそういうモノが婚約者で、本当によろしいのですか？」

今の瑠璃にとって最も重要な懸念事項だった。よくよく考えれば、婚約者が人間ではないというのは嫌ではないだろうか。人妖が入り混じる帝都でも、人間と妖が結婚したという話は聞かない。基本的に、人間は人間同士、妖は妖同士で番《つが》うのだ。それくらい、人とそれ以外のモノの間には線が引かれている。

景は生真面目な調子で答えた。

「正体が何であろうと、俺は瑠璃を選んだし、何度やり直す機会を与えられても同じ選択をする。……何か不安があるか」

「不安、といいますか。ただ、私は……」

瑠璃は言葉を捕まえ損ねて、口をつぐんだ。庭を眺める。桔梗の花が夜露に濡れてきらめいていた。

「旦那様に、後悔して欲しくない、と思って。私のせいでご面倒をおかけすることもあるやもしれません」

想像すると鬱々《うつうつ》としてくるが、九尾がまたちょっかいをかけて来る可能性がある。それ以外にも、人間であれば避けられる不都合がいくつもあるかもしれない。

景が瑠璃の厄介な事情から離れるなら、たぶん今しかなかった。

（……あれ？）

視界が急にぼんやり霞んで、慌てて瑠璃は瞬いた。桔梗の青紫色が妙に滲んで見える。

横合いから景の手がそっと伸びてきて、瑠璃の眦をゆっくりなぞった。

「泣きそうだが、平気か」

「……えっ？」

もう一度瞬きすると、すうっと雫が頬を伝った。驚いたのは瑠璃の方で、ぎょっと己の頬へ手をやる。

「も、申し訳ありません。旦那様がご面倒を厭《いと》うのであれば、婚約破棄もやぶさかではないと考えていて……でもそうすれば旦那様と離れることになると思ったら、混乱して……」

自分でも何を口走っているのかわからない。とにかく早く涙を拭こうとした手を、景に捉えられた。

「強く擦るな。痛めるぞ」

「ですが、みっともないですし……」

「みっともないわけがあるか」

注意する口ぶりとは裏腹に、景は何だかとても機嫌が良さそうだ。瑠璃の手を愛おしそうに撫で、口角を意地悪げに釣り上げる。

「なるほど？　瑠璃は俺と離れるのが泣くほど嫌なわけだ」

「えっ？」

どきん、と心臓が一回跳ねた。そんなことはない、と否定しかけて、瑠璃は自分の発言を顧みる。

（……そういうことなのかしら……？）

じわじわと顔が熱くなる。今までずっと、逃げたくないとか向き合いたいとは思っていた。でも、離れたくないというのは初めてだ。その言葉の意味を考えると、見知らぬ路地に迷い込んでしまったような気になる。

たぶん、それが景との距離を、瑠璃が決めてしまう行為だからだ。瑠璃は久しく、他人との距離を自分で決めては来なかった。

果たしてそれは自分に許されているのか、と景を見れば、彼はわずかに首を傾げた。満面の笑みである。

「瑠璃が俺と離れ難いと思ってくれるのは、嬉しいことだ」

「……本当に、私などがそう思っても良いのでしょうか」

不安に沈む瑠璃の問いに、景が柔らかく諾う。

「当たり前だ。瑠璃は何でも願っていいんだ。それを迷惑とは思わない」

その声は心にすっと染み通って、素直に信じることができた。小さく頷いてみせると、景が注意を引くように瑠璃の手の甲を人差し指で軽く叩く。

「一応、補足しておくが。何でもと言ったが、俺から離れていくことと自分を犠牲にすることは許さないからな」

「例外もあるのですね？」

「瑠璃が無茶をしないようにな」

景は丁寧に瑠璃の手を膝に置いて、庭に視線を向けた。

「そもそも、俺とてわけのわからん魔眼なんてものを持ち合わせているし、育ての親は鬼だし、相当面倒だと思うが」

「まさか！　そんなことを考えたことは一度もございません」

瑠璃の反駁に、景は嬉しげな笑みを見せた。

「俺も同じだ。——そういうことだ。いいな？」

「あ……」

ぱちぱちと両目を瞬かせる。瑠璃は景を面倒だなんて思わないし、もし彼が何かに巻き込まれるなら一緒に引き受けたい。当然すぎて理由なんて考えたこともなかったけれど、それは。

「私は、旦那様のことが好きなのですね」

ぽろりと転がり出た言葉に、驚いたのは双方だった。景が激しく咳き込み、瑠璃はぱっと口元を両手で覆う。それから思い直し、慌てて景の背をさすった。

「だ、大丈夫ですか⁉」

「いや、俺は大丈夫だが……急にどうした⁉」

ひとしきり咳き込んだのち、景が瑠璃の肩を摑んで言った。指が食い込んで痛いほどで、瑠璃は目を白黒させる。まだ自分の発言もよく飲み込めていなかった。本当に自然に、挨拶のように生まれ出た声だったのだ。

「え、えっと、自分でもわからないのですが」

「ああ。ゆっくりでいい、ちゃんと教えてくれ」

「その、ですね……旦那様は私を愛していると仰っていたと思うのですが」

「……言ったな。あのときは話が途中で終わってしまって、続きもできなかった」

あの後は色々あったからな、と景が小さく声を落とす。瑠璃は小さく頷き、おそるおそる続けた。

「私が旦那様を面倒と思わないのは、旦那様がとても大切な方だからです。そしてこの気持ちは、旦那様が抱くものと同じ、なのでしょう。だから私は、その、旦那様がすき、なのだなあ、と思って……」

改めて言うと無性に面映ゆくて、瑠璃は視線を宙にさまよわせた。夜を渡る風が、庭の遠くに見える池の面にさざなみを立てていく。

景は黙りこくっていた。ただこちらを見据えている。いっそ本当に視線が矢になって瑠璃を射抜くことを望んでいるのではないかと思えるような、苛烈《かれつ》な眼差しだった。

やがて景が壊れものに触れるように、そろりそろりと瑠璃を抱き寄せた。大人しく身を委ねれば、耳朶に吐息が触れ、低い声が鼓膜を震わせる。

「全てが同じではない。俺の想いは、そんなに綺麗なものではない」

息がこそばゆくて、瑠璃は無意識に身をよじった。けれど景はますます腕に力を込め、瑠璃を離すまいとする。

「俺は瑠璃を愛している。この世の何よりも大切だ。それは間違いない。傷ついて欲しくないし、危険な目に遭わせたくない。今まで苦しんだ分、いやそれ以上の幸せを与えたい。……八年だぞ。八年離れていた間、俺はあなたをずっと探していた」

一言一言話すたびに斬りつけられているのではないかと思うほど、苦しげな口調だった。

思わず景の背中を撫でれば、重苦しい吐息が漏れる。

「瑠璃が贄人形だと知ったとき、俺が本当は何を考えていたか教えておく」

翳りを帯びた声が、瑠璃の耳に吹き込まれる。冷たい風が肋骨の隙間に忍び入ってくるようで、瑠璃は震えた。いくら景が抱きしめてくれても、彼は体温が低いのでどちらかと言えば瑠璃から温もりをひたひたと奪っていく。

けれど瑠璃は頑張って首をもたげて、景の横顔を盗み見た。前髪に隠されて目つきはわからなかったが、引き結ばれた唇の端が震えていた。

「どんなことをお考えになっていたのですか？」

静謐《せいひつ》な夜の空気を乱さぬように、そうっと訊ねる。

景は感情の見えない声で、静かに答えた。

「魂がないなら、俺は死後に瑠璃と再会できない。ならば、俺が死ぬときにあなたを砕いて連れていく」

瑠璃はぽかんと口を開けた。

「どこに？」

「どこでも。俺はあなたを手放しはしない。幽世の……死者の園に至れなくても構わない。未来永劫《みらいえいごう》、亡者となってさまよってもいい」

脳裏に、渚たちが引き入れた黒い靄が思い浮かぶ。特に自我もなさそうに漂って、景に容易く祓われていた。

「それは……寂しいことではないですか？」

「瑠璃に二度と会えないよりはずっといい」

「私は旦那様がそんなふうになるのは嫌です」

ふ、と景が吐息混じりに笑う気配がした。

「そう言うと思った。だが、俺はそうしたいんだ。……ほら、瑠璃とは全く違うだろう。だから瑠璃は自分の気持ちに軽々しく名前を付けるな。これから時間はたくさんある。きちんと考えてから返事をくれ」

懇々と諭すように告げられ、瑠璃は考え込む。あまりに景に不利益な話ではないか。

「そうすると、しばらく旦那様をお待たせしてしまうのですが、よろしいのですか」

「いい。正直に言えば、今、瑠璃を丸め込んでしまうのは簡単だ。だが俺はそんなお仕着せの感情が欲しいわけではない」

瑠璃の背中に回った手が、そっと解かれる。景と隣同士に座り直しながら、瑠璃はぎゅっと胸元で手を握った。

「わかりました。いずれ必ず、旦那様への気持ちをお伝えします」

そう言って、ちょっと迷い、瑠璃は小指を出した。景が目をぱちくりさせる。

「……何だ？」

「あの、お約束しようと思って」

子供じみた仕草だったか、と赤面する。引っ込めようとしたところで、するりと小指に景の小指が絡みついた。

「……ああ、約束だ」

絡んだ指が優しく揺すられ、名残惜しく離れていく。きっと今、景との間に切っても切れぬ縁の糸が結ばれただろう。

見えなくてもそこにあると、瑠璃には確かに信じられた。

〈了〉

天崎志津也の調査報告
天崎
栗原ちひろ
鎮守指導
国土交
カミが、来る——
生真面目な津々楽と天真爛漫な天崎の
「神に呪われた」公務員コンビが
荒ぶる神に立ち向かうお仕事オカルトミステリー
KiKi BUNKO
illust:

KiKi BUNKO

あやかし帝都《ていと》の政略結婚《せいりゃくけっこん》
～虐《しいた》げられた没落令嬢《ぼつらくれいじょう》は過保護《かほご》な旦那様《だんなさま》に溺愛《できあい》されています～

香月文香《こうづきあやか》

2024年12月17日　初版発行

発行者　笠倉伸夫

発行所　株式会社　笠倉出版社
〒110-8625　東京都台東区東上野 2-8-7　笠倉ビル
［営業］TEL 0120-984-164
［編集］TEL 03-4355-1103
http://www.kasakura.co.jp/

印刷所　株式会社　光邦

装丁者　須貝美華

定価はカバーに印刷されています。

乱丁・落丁の場合は当社にてお取替えいたします。

本書は書き下ろしです。
この物語はフィクションであり、実在の人物・事件・団体とは一切関係ありません。

ISBN 978-4-7730-6701-9
Printed in Japan